D1322601

Nuits de Jade

CATHY YARDLEY

Nuits de Jade

COLLECTION *Audace*

éditions Harlequin

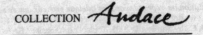

Si vous achetez ce livre privé de tout ou partie de sa couverture,
nous vous signalons qu'il est en vente irrégulière. Il est
considéré comme « invendu » et l'éditeur comme l'auteur
n'ont reçu aucun paiement pour ce livre « détérioré ».

*Cet ouvrage a été publié en langue anglaise
sous le titre :*
WORKING IT

Traduction française de
CÉCILE BESSON

HARLEQUIN®

est une marque déposée du Groupe Harlequin
et Audace® est une marque déposée d'Harlequin S.A.

*Toute représentation ou reproduction, par quelque procédé que ce soit, constituerait
une contrefaçon sanctionnée par les articles 425 et suivants du Code pénal.*
© 2003, Cathy Yardley. © 2005, Traduction française : Harlequin S.A.
83-85, boulevard Vincent-Auriol, 75013 PARIS — Tél. : 01 42 16 63 63
Service Lectrices — Tél. : 01 45 82 47 47
ISBN 2-280-17456-1 — ISSN 1639-2949

1.

— M. Robson a pris du retard, déclara sans s'excuser la femme derrière le bureau. Quelque chose d'important à régler...

Jade Morrow lui sourit.

— Pas de problème. Je ne suis pas pressée, madame... Excusez-moi, je n'ai pas très bien saisi votre nom ?

La réceptionniste, une femme d'une soixantaine d'années à l'allure revêche, ne s'était pas présentée et Jade savait pertinemment qu'elle l'avait fait exprès.

— Mme Packard, répondit-elle d'un air pincé après un long silence.

Son ton avait la douceur de l'arsenic.

Jade continua de sourire.

— Merci de m'avoir prévenue, madame Packard. Cela ne me dérange pas d'attendre. Cela fait un certain temps, déjà, que j'espère rencontrer M. Robson. Quelques minutes de plus ou de moins ne feront pas une grande différence.

— Quelques minutes, c'est un minimum, répondit la femme avec un éclair de triomphe dans les yeux. Je dirai vingt, au bas mot.

— Dans ce cas, répondit Jade en gardant le sourire malgré la pointe d'agacement qui commençait à se faire sentir, pourriez-vous m'indiquer où se trouvent les toilettes ? J'aimerais pouvoir me rafraîchir. Il fait chaud, ici, non ?

— C'est une aciérie, répliqua Mme Packard. Et elle n'est pas toute neuve. La température monte.

Mme Packard était vêtue d'une robe en coton blanc imprimé de petits épis de maïs et paraissait aussi fraîche que si elle sortait du réfrigérateur. Il faisait pourtant plus de trente degrés dans le « hall d'accueil » exigu.

— Les toilettes ? répéta Jade.

La femme lui indiqua le couloir d'un geste vague et Jade décida de se débrouiller seule.

Elle repéra une porte sur laquelle était affichée une pancarte faite à la main portant le mot « dames » sous lequel était grossièrement dessinée une silhouette féminine. La pièce était exiguë, mais la seule femme que Jade avait aperçue depuis qu'elle était arrivée était Mme Packard, ce qui expliquait sans doute cela.

Elle vérifia son allure dans le miroir terni. Elle avait relevé ses cheveux ce matin en un chignon un peu lâche et son front était déjà moite de sueur. Des mèches folles s'étaient échappées sous l'effet de la transpiration et lui chatouillaient la nuque. Son maquillage commençait à disparaître. Elle repoudra son visage et empoigna une brosse dans son sac pour se recoiffer. Elle tira sur les mèches folles et les épingla contre son crâne sans ménagement. Cela tiendrait sans doute une bonne dizaine de minutes.

Elle réajusta son tailleur, lissant les plis de sa jupe courte. Elle envisagea un instant de retirer sa veste. Avec ses clients habituels, elle n'aurait pas hésité. Mais s'il s'était agi de l'un de ses clients habituels, elle aurait mis un pantalon, un débardeur et des bottes.

Elle commençait à regretter son choix, surtout pour la couleur. Elle avait opté pour un tailleur noir, pour offrir une impression d'autorité, mais il lui semblait maintenant que ce qu'elle dégageait surtout, c'était une impression de chaleur.

Ce n'est pas grave. Rien qu'une heure. Ce type m'accorde une heure et le tour est joué.

Elle sentit son ventre se serrer et son pouls s'accélérer. La sensation n'était pas nouvelle. Elle se retrouvait systématiquement dans le même état, à l'époque du lycée, lors des concours d'éloquence en public. Elle y excellait. C'était chaque fois la même chose. Une bouffée d'adrénaline, un nœud dans la gorge. Et la certitude de remporter une nouvelle victoire pour son équipe. Son équipe, dans le cas présent, c'était l'Agence de marketing et de relations publiques Michaels & Associés. Le challenge consistait à obtenir de Drew Robson qu'il honore son contrat avec l'agence.

Lorsqu'on avait affaire à un client récalcitrant, on appelait la cavalerie en renfort, se dit Jade en retouchant son rouge à lèvres. En bref, on faisait appel à Jade Morrow !

Elle envoya un baiser en direction de son reflet dans le miroir et rejoignit le hall d'entrée. Ses talons hauts claquèrent sur le sol en linoléum lorsqu'elle passa devant le bureau de la réception. Mme Packard lui lança un regard noir.

— Il va vous recevoir, déclara-t-elle d'un ton accusateur.

— Fantastique, répliqua Jade en lui adressant son plus beau sourire, juste pour l'embêter. Merci beaucoup.

Elle redressa les épaules et ouvrit la porte du bureau du P.-D.G. que la secrétaire venait de lui indiquer.

— M. Robson, déclara-t-elle en entrant, d'un ton ferme mais amical.

Il se retourna et ce fut plus fort qu'elle. Elle s'arrêta, pétrifiée.

Trois autres chefs de pub avaient essayé de passer un accord avec Drew Robson, le nouveau propriétaire de l'aciérie, qui refusait d'honorer le contrat signé par son prédécesseur — son propre père, si elle en croyait son dossier. La première employée de Michaels & Associés qui s'était présentée, une femme, était ressortie en pleurant. Les deux suivants, des hommes, avaient réussi à tenir un peu plus longtemps — mais pas plus d'une semaine— à essayer de convaincre leur « client ». Le dernier en date avait prévenu Jade que Robson était un salopard de première, le plus froid et le plus méchant qu'il ait jamais rencontré.

Ils avaient juste oublié de lui mentionner un tout petit détail. L'infâme personnage était également *une vraie bombe sexuelle*.

Il était bâti comme un joueur de foot américain et son T-shirt moulait plus qu'il ne dissimulait les muscles saillants de son torse et de ses biceps. Ses cheveux noirs avaient l'éclat du jais. Ses yeux bleu clair paraissaient illuminés de l'intérieur. Ils étaient posés sur elle. Le regard n'avait rien d'amical.

Elle s'éclaircit la gorge et le faible son qui en sortit la fit grimacer.

— Je suis Jade Morrow, dit-elle d'une voix qu'elle aurait voulue plus ferme.

Il fronça les sourcils d'un air interrogateur.

— Et vous désirez ?

Vous, répondit-elle en son for intérieur en le dévisageant. *Que diriez-vous d'une heure, pour commencer ?*

Elle sourit avec plus de chaleur, amusée par le petit interlude frivole qui avait interrompu ses pensées. Il était mignon. Un point pour lui. Maintenant, il fallait passer aux choses sérieuses.

— Excusez-moi, je ne me suis pas présentée. Je travaille pour Michaels & Associés.

— Oh, bon sang ! Je croyais m'être définitivement débarrassé de vous, pourtant.

Il serra les dents et elle regarda, fascinée, les muscles de ses mâchoires tressaillir.

— Je n'ai pas de temps à perdre.

Elle continua d'avancer vers son bureau. Il était de moins en moins mignon.

Pense à l'argent, s'ordonna-t-elle. Le précédent propriétaire, le père de Drew, avait signé un contrat de cent mille dollars pour retenir les services de Michaels & Associés. Ce n'était pas leur plus gros client — loin de là — mais M. Robson père avait laissé entendre que ce n'était qu'un début — on parlait de plusieurs millions de dollars étalés sur quelques années. Du travail régulier, solide, comme l'agence aimait en avoir.

Il semblait désormais certain que le fils ne voyait pas les choses de la même manière.

D'abord le charme. N'abats pas toutes tes cartes tout de suite. Elle lui sourit chaleureusement, ignorant son air renfrogné.

— J'ai cru comprendre que vous aviez été surpris par l'existence de ce contrat qui vous lie à notre agence.

— Je n'ai rien signé qui me lie à votre agence, gronda-t-il.

Jade continua de sourire, imperturbable.

— Non, mais votre prédécesseur, oui.

— Mon prédécesseur est en ce moment même en train de se dorer la pilule sur une île qui n'a pas signé d'accord d'extradition avec notre pays, rétorqua Drew. Vous devriez peut-être essayer de récupérer votre argent là-bas.

Eh bien, il n'y allait pas de main morte !

Le sourire de Jade se fit un peu plus naturel. Et féroce.

Que la joute commence.

— Oui, j'ai cru comprendre que votre compagnie traversait des difficultés financières, dit-elle d'un ton faussement gentil. Un détournement de fonds, n'est-ce pas ?

Il la fusilla du regard, mais elle continua, pas démontée pour un sou.

— Cette information n'est pas encore dans le domaine public, mais elle est assez facilement accessible et donc potentiellement dangereuse. Surtout si le bruit commence à courir que vous avez des problèmes financiers. Notre agence pourrait vous aider à communiquer sur le sujet afin de limiter les dégâts.

A ces mots, il explosa, comme elle s'y attendait.

— Je ne vous laisserai pas « communiquer » sur quoi que ce soit, bon sang !

— Ce genre de chose peut donner une très mauvaise image, surtout si l'on s'intéresse à l'aspect financier d'une entreprise, continua-t-elle d'un ton égal.

Elle commençait à cerner le personnage. Il était du genre à montrer les crocs, mais elle savait comment gérer les types dans son genre. Elle garda le silence un court instant avant de reprendre d'un ton calme.

— Et votre image ne s'améliorera pas si l'on commence à murmurer que vous n'honorez pas les contrats que votre père a signés.

Avec cet argument, elle l'avait mis K.O.

Il la dévisagea en silence, les lèvres serrées en un sourire sinistre.

— Bon, je suppose que votre boîte s'est enfin décidée à sortir la grosse artillerie.

Jade ne put retenir un petit sourire.

— Qu'est-ce qui vous fait dire cela ?

— Les autres n'avaient pas essayé de me faire chanter.

Le sourire de Jade s'effaça.

— Ce n'est pas du chantage. C'est la vérité. Votre société a passé un contrat avec mon agence. Vous devez dépenser cent mille dollars en un mois.

— Alors, revenez dans un mois.

Elle leva les yeux au ciel, gémissant intérieurement.

— Cela ne marche pas comme ça, M. Robson, dit-elle. Il faut planifier les choses. Nous devons définir des objectifs, voir de quoi votre société a vraiment besoin. Ensuite, nous définirons les contours de notre action et les moyens à engager. Enfin, mon agence mettra en œuvre le projet et vous tiendra informé de son évolution.

Il la regarda par en dessous en secouant la tête et en marmonnant entre ses dents.

— Allez…, dit-elle en sentant monter un brin d'irritation.

Ce type était en train d'essayer de se débarrasser d'elle et elle l'avait pris par surprise, ce qui l'avantageait. Mais au final, Robson lui-même devait sortir gagnant de leur petite joute. Elle était là pour lui rendre service.

Il la regardait franchement dans les yeux et, l'espace d'une seconde, elle retint sa respiration. Ce qu'elle avait pris pour de la colère, tout à l'heure, lorsqu'elle avait pénétré dans son bureau n'était que de la simple irritation. Maintenant, il était *vraiment* en colère.

C'était impressionnant et un petit peu effrayant.

— Vous n'imaginiez quand même pas que vous pourriez juste me signer un chèque dans un mois en échange de quoi nous vous aurions livré… quoi, exactement ? Cent mille « unités » de relations publiques ?

Elle prit une longue inspiration. Sans attendre qu'il le lui propose, elle s'assit sur une chaise face à lui, les jambes croisées et le sourire aux lèvres.

Il n'y a pas de meilleure défense que l'attaque.

— Nous ne sommes pas partis du bon pied. Pourquoi ne pas reprendre de zéro ? Je vais vous présenter les différentes options pour dépenser votre argent et définir un plan d'action qui ne devrait exiger de vous qu'un minimum de temps et d'efforts. Simple et sans douleur.

Il marmonna quelque chose qui ressemblait à « Je vais vous en donner, moi, des options… »

Elle se pencha en avant.

— D'accord. Pourquoi ne me diriez-vous pas vous-même ce que je pourrais faire ?

Lorsque son regard se posa de nouveau sur elle, elle eut un petit sourire.

— Pour vous aider, bien sûr. Apparemment, ce que nous faisons ne vous convient pas — ce qui est étrange, vu que nous n'avons encore rien fait pour votre société — mais vous avez un contrat. Vous pourriez payer la note et nous nous en tiendrions là, si c'est vraiment ce que vous préférez. Mais ce serait quand même dommage de payer pour un service dont vous ne bénéficieriez pas. Ce n'est pas comme si nous risquions de vous causer du tort…

— Je pourrais imaginer de payer, juste pour ne plus entendre votre voix, dit-il d'un air songeur.

Là, il avait frappé fort. Elle plissa les yeux, inspira et se força à rester calme.

— Donnez-moi un point de départ pour travailler et je ferai en sorte que nous ne communiquions plus que par mail. L'important, c'est que le client soit content. Croyez-moi, je peux être très arrangeante.

— Je vois.

Il se leva, donnant l'impression de se déplier de son fauteuil. Comme elle était assise de l'autre côté du bureau, il la dominait de toute sa taille. Elle le dévisagea. Il portait un jean — et le remplissait parfaitement. Elle dut se forcer pour ne pas le contempler, bouche bée.

— Et jusqu'où exactement êtes-vous prête à aller pour que vos clients soient contents, mademoiselle Morrow ?

Son ton était si cassant qu'il lui fallut une seconde pour se rendre compte de ce qu'il était en train d'insinuer.

Elle se leva à son tour, lentement, délibérément. Elle mesurait un mètre soixante-quinze — sans ses talons aiguilles. Elle fut surprise de voir qu'il la dépassait encore. Elle planta son regard dans le sien.

Puis elle soupira. S'il avait voulu la faire sortir de ses gonds, il avait mal choisi son arme. De tous les arguments dont il disposait, il avait choisi le plus bas, et le plus prévisible aussi. C'était décevant.

— Soyons clairs, dit-elle d'une voix basse, presque enjôleuse. Ce que vous voulez savoir, c'est jusqu'où je peux aller pour… satisfaire mes clients ?

De froid, son regard devint glacial. Il hocha la tête.

— Et ce que je suis prête à vous offrir pour que vous soyez…

Elle sourit et, d'un geste à peine perceptible, humecta ses lèvres de la pointe de la langue.

— … content ?

— Inutile de me faire un dessin, je crois que j'ai compris de quoi vous étiez capable, déclara-t-il en croisant les bras sur sa poitrine. Et…

— Je vais vous dire, ce que je peux vous offrir, dit-elle en se penchant vers lui.

Elle avait un corps bien fait et, vu le coup d'œil rapide qu'il venait de lui lancer, il l'avait remarqué.

Il l'écoutait. Bon sang, il était pendu à ses lèvres.

— Ce que je vous offre, c'est une chance d'éviter *un procès.*

En une fraction de seconde, elle avait changé de registre. De cajoleur, son ton était devenu comminatoire.

— Je ne suis pas là pour le plaisir, M. Robson. Et malgré vos insinuations, je n'ai jamais pensé empocher nos cent mille dollars grâce à une petite partie de jambes en l'air. Ce que je vous offre, c'est la chance de pouvoir travailler avec la meilleure agence de relations publiques du Michigan. J'ai fait des recherches avant de venir. Votre père s'est envolé avec un million de dollars pioché dans la caisse de votre société et vous avez plus que jamais besoin d'un expert en communication.

A son tour, elle croisa les bras sur sa poitrine.

— Je suis là pour vous *aider*.

— Foutaises, répondit-il d'un ton cinglant. Je vais vous dire, moi, pourquoi vous êtes là. Vous êtes là parce que mon père a signé sans réfléchir un contrat avec votre agence, après quoi il s'est enfui en me refilant le bébé. Ce qui m'oblige à dépenser de l'argent, qui aurait pu servir à rénover l'usine, en de prétendus services que je n'ai jamais commandés. A supposer que ces « services » aient la moindre valeur. Ce dont je doute fort.

Bouche bée, elle le regarda s'approcher. Il contourna le bureau et vint se planter face à elle, à quelques centimètres à peine. Elle leva les yeux et plongea dans son regard bleu glacier.

— Vous mentez aux gens pour gagner votre vie et vous leur faites croire que c'est pour leur bien, fulmina-t-il. Vous voulez me faire croire que vous pouvez augmenter mes ventes à l'aide d'un de vos foutus communiqués de presse ! Et, pour couronner le tout, vous vous présentez devant moi vêtue d'une jupe aussi courte qu'un bandana, et je devrais croire que vous ne m'offrez que vos compétences professionnelles ?

Elle recula d'un pas devant la violence de l'assaut verbal.

Il se rapprocha de nouveau, un mètre quatre-vingt-quinze de muscles et de colère mâle.

— Retournez dans votre boîte de com' et dites à vos patrons que la prochaine fois qu'ils m'envoient quelqu'un, je ne serais pas aussi *poli*.

Il chargea vers la porte et l'ouvrit en grand.

Elle sentit la tête lui tourner. Elle avait l'habitude des clients difficiles, elle en avait géré plusieurs, mais c'étaient en général des personnages mielleux, retors, qui essayaient de se défausser au moment de payer la note. Elle avait toujours réussi à les ramener à la raison. Il lui était aussi arrivé de devoir convaincre un client qui reculait au dernier moment. Cela lui demandait parfois pas mal de discussions et une bonne dose de persuasion. Elle était même allée jusqu'à l'affrontement verbal. Mais jamais elle ne s'était retrouvée face à une telle haine — ou une telle passion.

Les autres chefs de pub lui avaient dit que Drew Robson était un type infernal. Mais ils avaient oublié de lui dire qu'il avait ses raisons. Même sa remarque au sujet de sa jupe tenait la route...

— Vous allez rester plantée là longtemps ? demanda-t-il, sarcastique.

Elle leva vivement les yeux vers les siens. Il lui souriait, d'un sourire carnassier.

L'espace d'un court instant, elle faillit éclater. Mais elle se ressaisit et se dirigea vers la porte, la tête haute. Elle s'arrêta devant lui.

— Nous n'en avons pas terminé, croyez-moi, dit-elle, plus par souci d'avoir le dernier mot que par désir de rester en affaires avec ce magnifique — et insupportable — spécimen du sexe masculin.

Mais là aussi, elle échoua.

— Avec des gens comme vous, dit-il entre ses dents, ça n'est jamais terminé.

Drew était en train de dribbler sur le parking. Il gardait toujours une balle de basket dans son bureau et il se félicitait d'avoir fait installer un panier tout neuf sur le mur de l'usine. D'aussi loin qu'il s'en souvenait, il se voyait, enfant, en train de dribbler et marquer des paniers sur ce parking, attendant son père qui travaillait encore dans les bureaux. Drew se cambra et envoya la balle vers le panier d'un geste sûr. Elle traversa le filet avec un bruissement et cliqueta contre le panneau de bois. Encore marqué. Il récupéra la balle d'un geste automatique.

Drew ferma les yeux, essayant de se concentrer sur le bruit du rebond de la balle contre le bitume afin de vider son esprit. Il avait passé la journée à répondre au téléphone, s'efforçant de rassurer les créanciers et de calmer les esprits des plus échauffés.

M. Robson, merci de nous rappeler immédiatement. Vous avez cent vingt jours de retard concernant le paiement...

M. Robson, nous ne souhaitons pas faire appel à une société de recouvrement...

Drew, votre père était mon ami, mais mon service comptable ne croit pas en l'amitié...

Drew lança la balle. Bruissement, cliquètement. Récupérer la balle. Dribbler et recommencer.

Croyez-moi, je peux être très arrangeante.

Il garda la balle en main quelques secondes et fit rouler ses épaules, essayant de se décontracter. Il avait l'impression que ses omoplates étaient soudées l'une à l'autre. Il s'était mis au basket pour se détendre et, s'il y avait quelque chose dont il avait besoin en ce moment, c'était bien de se détendre.

La tension qui l'accablait s'était aggravée lorsqu'il l'avait rencontrée. Parmi tous ses créanciers, cette grande fille rousse aux jambes interminables n'était pourtant pas celle qui aurait dû accaparer son esprit.

— Déjà à marquer des paniers ? Il est à peine 18 heures. Je ne m'attendais pas à te trouver là avant 20 heures.

Drew essuya du revers de la main la sueur qui mouillait son front et lui brouillait la vue, avant de lever les yeux. Son directeur financier, Ken Shimoda, se tenait devant lui en bras de chemise, sa cravate dans sa poche et sa serviette à la main. Ken faisait partie du décor de l'aciérie, tout comme le panier de basket. Drew l'avait toujours connu.

— La journée a été difficile, répondit Drew en haussant les épaules.

Il se fit quelques passes rapides avant de reprendre.

— J'avais besoin d'une petite séance de basket-thérapie. On se fait un petit match à un contre un ?

— Il y a dix ans, je t'aurais dit oui, répondit Ken avec un sourire triste.

Il avait vingt ans de plus que Drew, mais il faisait beaucoup plus ces derniers temps. Ce qui n'avait rien d'étonnant, vu les circonstances. Drew se sentait vieillir à vue d'œil, lui aussi.

— Je rentre à la maison, reprit Ken. J'ai promis à ma femme que je serais là à 18 h30.

Drew haussa les sourcils d'un air interrogatif.

— Trop d'heures supplémentaires à son goût ?

La dernière petite amie de Drew, Sheryl, lui en avait fait le reproche. Souvent. Jusqu'à ce qu'elle le quitte. Il n'avait eu ni le temps ni l'énergie pour se trouver une nouvelle petite amie depuis.

— Elle sait que les heures supplémentaires font partie du boulot, répondit Ken et Drew l'envia soudain terriblement.

Cela faisait trois mois que Ken travaillait tous les soirs jusqu'à 20 ou 21 heures. Il le savait, puisque son directeur financier avait pour habitude de venir lui dire au revoir tous les soirs avant de partir. Lui-même continuait de travailler une ou deux heures de plus.

Mais il aurait tout aussi bien pu rester au bureau jusqu'à 1 heure du matin, personne ne s'en serait soucié. A part peut-être Mme Packard, qui lui faisait invariablement remarquer le matin qu'il avait l'air fatigué. Mais ça ne comptait pas vraiment.

— Tu es un homme chanceux, dit Drew.

Ken haussa les épaules et sourit.

— Ce soir, c'est notre anniversaire de mariage. Elle a beau être compréhensive, il y a des limites.

Drew se remit à dribbler et lança la balle en direction du panier.

— Amuse-toi bien, dit-il avec un petit sourire. Et si tu as du mal à te lever demain matin d'avoir trop fait la fête et que tu arrives en retard, je le comprendrais…

Ken rit de bon cœur.

— Tu le comprendrais mieux si tu avais toi-même une femme dans ta vie.

— Touché.

Drew s'apprêta à tirer de nouveau.

— A propos de femmes, dit Ken, qui était cette grande rousse qui est sortie de ton bureau d'un air furieux cet après-midi ?

Drew manqua le panier et la balle rebondit sur le panneau en produisant un bruit sourd. Il marmonna entre ses dents en courant après sa balle, s'efforçant d'ignorer le rire de Ken.

— Ah, c'est donc ça ?

L'image de la femme qu'il avait essayée en vain de chasser de ses pensées durant ces dernières heures s'imposa de nouveau à son esprit. Une bouffée de pur désir l'avait traversé au moment même où il avait levé les yeux sur elle. Tout en elle était électrique. Ses cheveux grenat, sa bouche charnue, ses hanches pleines, ses jambes interminables. La façon dont elle portait son chemisier, avec le bouton du haut défait, avait sans doute déjà causé la ruine de bien des hommes avant lui. Son visage était bien trop sexy pour être innocent, l'insolence de son sourire laissait entrevoir le pire — le pire étant qu'on en redemandait ! Comment ses parents avaient-ils pu deviner que ses yeux prendraient cette teinte gris vert pâle ? Mystère. Mais le prénom de Jade n'aurait pu mieux tomber. Quelques minutes de plus avec elle et il aurait pris sans hésiter le restant de sa journée pour le passer en sa compagnie.

Il fronça les sourcils. Mais elle avait tout gâché en lui disant pour qui elle travaillait.

— C'est rien du tout, finit par répondre Drew. C'est l'un de ces vampires assoiffés de sang de l'agence de com' avec laquelle papa avait signé un contrat. Bon sang, je me demande ce qui lui a pris de faire un truc pareil.

— Ton père a pensé qu'elle pourrait nous aider à redresser la barre, à attirer de nouveaux investisseurs. Nous construire une image. Enfin, c'est du moins ce qu'il m'a dit quand il a pris la décision, ajouta Ken en soupirant. Tu connais ton père.

Drew dribbla de toutes ses forces et le bruit du rebond se répercuta dans le parking. Ça oui, il connaissait son père.

— Je lui ai fait savoir clairement ce que je pensais de leur boulot. Je pense qu'on ne la reverra plus.

Il n'était pas sûr de se sentir soulagé ou déçu.

— Est-ce que tu vas ignorer le contrat ? demanda Ken d'un air choqué.

Drew rugit.

— Evidemment que je vais honorer ce satané contrat. Tu me connais.

Ken se détendit aussitôt.

— Excuse-moi.

— Ce n'est pas grave.

Le fait est qu'il ne savait pas comment il allait faire pour payer, et c'était cela qui l'avait poussé à descendre faire quelques paniers. Il allait travailler là-dessus ce soir. Il trouverait une solution.

— Eh bien, si tu comptes payer la note, commença Ken d'une voix hésitante. Peut-être que tu devrais travailler avec eux…

De surprise, Drew s'arrêta net, coinçant la balle sur sa hanche.

— C'est déjà insupportable d'avoir à régler la note, je ne vais pas en plus perdre du temps à travailler avec un de ces types. Cette réunion d'investisseurs prévue pour le mois prochain est primordiale. Je suis en plein dedans. Je ne peux pas me permettre de penser à autre chose.

— Bien sûr, Drew, mais les investisseurs sont sensibles aux présentations, argumenta Ken. Ton père pensait que l'agence pourrait nous aider là-dessus. Tu dois reconnaître que ton père était doué pour la vente et les présentations.

Drew ne dit rien.

— C'était un excellent vendeur.

Un éclair de colère passa dans les yeux de Drew.

— C'était aussi un menteur et un voleur.

— Je ne vais pas prétendre le contraire, dit Ken en levant une main en l'air d'un geste protecteur. Je dis seulement qu'il était très doué pour la vente. Et qu'il avait d'excellents rapports avec les commerciaux.

— La moitié de nos vendeurs étaient prêts à donner jusqu'aux clés des entrepôts pour atteindre leurs quotas, soupira Drew. J'ai été obligé de les virer. Au moins maintenant, on peut se fier à la nouvelle équipe commerciale. Ce sont des gens intelligents et intègres. Ils apprendront le reste sur le tas.

— Mais c'est bien le problème, Drew. Nous n'avons plus de temps pour les former. Nous devons remporter de nouveaux marchés.

Drew serra le ballon de basket contre sa hanche. C'était étonnant de voir comme le caoutchouc pouvait résister à la pression.

— Je sais, Ken. Et je te promets que je me consacrerai à ça dès que la réunion avec les investisseurs aura eu lieu. Mais je n'ai que deux mains et il n'y a que vingt-quatre heures dans une journée.

— La semaine prochaine, c'est le mois de juin, Drew.

— Oui, je sais, mais...

C'est alors qu'il se souvint. Le mois de juin. Son père n'avait jamais été là pour la remise des diplômes à l'école ou à l'université, parce que tous les ans, au mois de juin, son père traversait le Sud-Ouest américain à bord de sa voiture pour rendre visite à leurs plus gros clients, bavarder avec eux et prendre leurs commandes pour l'année suivante.

— Non, déclara Drew. Je n'ai pas de temps pour cela.

— Tu ne peux pas te permettre d'ignorer « cela », déclara Ken d'un ton coupant qui prit Drew par surprise. Je suis ton directeur financier. Je sais à quoi ressemblent les chiffres. Si on n'améliore pas nos ventes, si on continue à perdre des clients, l'argent des investisseurs ne servira à rien. J'espérais que l'un des nouveaux commerciaux serait à la hauteur, mais ce n'est pas le cas. Il faut que tu t'en charges.

Drew ferma les yeux quelques instants. Une douleur lancinante martelait ses tempes.

— Tu sais, c'était vraiment un rêve, pour moi, de me retrouver à la tête de l'usine, dit Drew en ouvrant les yeux et en regardant le bâtiment. Mais je ne m'attendais pas à ce que ça se passe ainsi.

— La vie est pleine de surprises.

Ken avait l'air sincèrement navré.

— Ecoute, Drew, je ne veux pas t'accabler, mais si tu ne fais pas ce voyage, je crains que tu n'aies plus à te soucier de l'usine. Ton principal souci sera de te trouver un autre boulot.

Il ménagea une pause avant de reprendre.

— Bien sûr, la moitié de la ville de San Angelo se retrouvera également au chômage.

— Je connais l'importance de l'aciérie pour la ville, répondit Drew d'une voix sourde. Bon, je vais y aller. Fais-moi juste établir une liste des clients avec un petit topo rassemblant un maximum d'infos sur chacun d'entre eux. Quand dois-je partir ?

— Lundi prochain, dit Ken avant de soupirer. J'espérais vraiment que l'un des commerciaux pourrait s'en charger.

— Dis donc, tu n'as pas un anniversaire à fêter ?

Ken jeta un coup d'œil à sa montre et laissa échapper un juron.

— D'accord. Je serai là tôt demain matin. On pourra commencer à travailler là-dessus.

— Bonne soirée, Ken.

Drew recommença à frapper la balle sur le sol, jusqu'à ce que ses bras lui fassent mal. Il ne savait pas comment il allait pouvoir continuer. A cause de l'intervention de Ken, ses efforts pour se détendre étaient réduits à néant. Il ne savait plus quoi faire. Il avait besoin d'aide. Non. Ce qu'il lui fallait, c'était de l'argent *et* de l'aide. En fait, ce dont il avait vraiment besoin, c'était…

De façon inexplicable, il se mit à penser aux yeux verts de Jade et à son sourire dangereusement sexy.

La balle rebondit sur l'anneau et le son résonna dans l'air comme un carillon.

Il soupira, attrapa le ballon au vol et reprit la direction de l'usine. Autant se remettre au travail.

— Jade, ma réponse est claire. C'est *non*.

Jade soupira et fit un effort pour ne pas s'affaler dans le fauteuil en velours pelucheux qui flanquait l'énorme bureau moderne de verre et de métal de sa chef.

— Betsy, c'est vraiment important pour moi.

Betsy Diehl lui lança un regard solennel du haut de son fauteuil en cuir de directeur. Elle était la nouvelle associée de l'agence de marketing Michaels & Associés et la supérieure hiérarchique de Jade depuis deux ans. Jade avait appréhendé leur collaboration, au début. Betsy était surnommée « peau de vache » par nombre d'employés de l'agence, mais Jade et elle avaient trouvé un terrain d'entente. Jade appréciait l'honnêteté et le pragmatisme brutal de Betsy. Elle exigeait beaucoup de ses collaborateurs, mais Jade avait l'intuition que Betsy savait ce que lutter voulait dire. Elle avait travaillé dur pour en arriver là où elle se trouvait, venant d'un milieu défavorisé et se retrouvant à une position respectée et enviée. Elle était considérée comme un génie du marketing et avait eu droit à plusieurs articles dans la presse professionnelle. Elle avait même co-écrit un livre.

Ses cheveux gris métallique étaient coiffés en un carré sophistiqué et son tailleur aubergine à la coupe parfaite sortait sans aucun doute d'une boutique chic de Rodeo Drive. Elle dégageait l'assurance de la réussite. C'était quelqu'un vers qui l'on se tournait volontiers et quelqu'un à qui on ne racontait pas d'histoires.

Elle était exactement le genre de femme à qui Jade voulait ressembler quand elle était petite.

— En quoi ce contrat a-t-il la moindre importance pour toi ? lui demanda-t-elle de sa voix cultivée. Tu as des tonnes de dossiers en route.

— Rien d'urgent, répondit Jade. J'ai bouclé mes clients importants, et, de toute façon, ça ne m'empêcherait pas d'être disponible pour eux.

Betsy fronça le nez d'un air mécontent.

— Robson n'est qu'un petit contrat de rien du tout. C'est vrai que certains associés pensaient que ça pourrait devenir quelque chose de plus important, mais...

— Je ne crois pas qu'il faille nous avouer vaincus, l'interrompit Jade en s'attirant un nouveau froncement de sourcils. Excuse-moi, ajouta-t-elle en ravalant un soupir impatient. C'est juste que je suis tout excitée à l'idée de ce contrat. C'est difficile à expliquer.

Sans doute parce que je ne sais pas moi-même pourquoi.

— En tout cas, ce n'est pas la perspective de gagner de l'argent qui te fait cet effet, dit Betsy avec dédain. Cent dollars, cela ne vaut presque pas la peine de se lever le matin.

Jade sourit.

— Non, ce n'est pas l'argent.

— Le challenge ? proposa Betsy en plissant les yeux. Je te connais, Jade. Si quelqu'un t'affirmait que tu étais incapable de gravir l'Everest, je suis sûre qu'il ne se passerait pas un mois avant que tu n'accroches dans ton bureau une photo de toi avec un grand sourire sur une cime enneigée au milieu des nuages. Probablement en train de faire un geste grossier en direction de l'objectif.

Jade détourna les yeux en laissant échapper un rire nerveux.

— Je ne suis pas si terrible que ça. Pas à ce point.

— J'ai entendu parler de ce type, Robson, par les autres chefs de pub, dit Betsy. Je n'aurais jamais dû te confier ce dossier. Mais tu as cette réputation de gagnante…

— C'est mérité, répondit Jade avec le sourire. Je suis l'une des meilleures.

— Oui. Mais, Jade, reprit Betsy d'une voix douce et patiente, cela ne t'a pas apporté la promotion que tu espérais, n'est-ce pas ?

Le sourire de Jade s'estompa. Elle se leva et commença à faire les cent pas.

— Je sais. Et je sais aussi que tu voudrais que je travaille sur des contrats plus importants. Mais on ne m'a pas confié un seul client vraiment important depuis des mois.

— Nous devons nous montrer persévérantes, répondit Betsy. Sois patiente.

— Cela fait cinq ans que je patiente, dit Jade. S'ils ne veulent pas me laisser faire mes preuves avec un gros client, alors pourquoi est-ce que je ne leur montrerais pas ce dont je suis capable avec un petit client ? Un client impossible ? Un client qu'ils considèrent comme perdu ?

Betsy se redressa.

— Alors, c'est ça que tu veux, avec Robson ? demanda-t-elle d'un ton qui trahissait soudain un intérêt. Ils ont vu leurs meilleurs chefs de pub se casser le nez sur lui et c'est là que tu interviens…

— Je sais que je peux le faire changer d'avis, répondit-elle. Si seulement tu voyais son usine. Tous les ouvriers semblent adorer Drew Robson et la famille Robson. Ses employés sont farouchement loyaux. Et il…

Elle trébucha sur ses mots. Il était étonnant et énervant. Mais il semblait aussi dévoué corps et âme à son entreprise, à ses employés et à sa ville. Il l'avait séduite — il était incroyablement beau et elle n'était pas aveugle — mais elle avait ressenti quelque chose d'autre. Il lui avait donné envie de s'investir.

— Il est l'âme de cet endroit. Si je parviens à le convaincre, tout devrait suivre.

Betsy posa les deux mains sur la surface plane de son large bureau.

— Combien de temps crois-tu que cela pourrait te prendre ?

— Je ne sais pas exactement. Assez vite… pas plus de quelques mois.

Elle avait le sentiment que si elle n'arrangeait pas les choses pour Robson, son entreprise ne survivrait pas longtemps de toute façon. Mais ce n'était pas le moment de le signaler à Betsy.

— Quelques mois. Je vois. Et quelle proportion de ton temps ?

— Cela ne m'empêcherait pas de continuer à travailler avec mes autres clients, biaisa-t-elle. Il s'agit pour l'essentiel de maintenance.

— Et les nouveaux contrats ?

Jade fit une petite grimace.

— Il faudra que l'on me dispense de travailler sur des nouveaux clients, dut-elle admettre. Jusqu'à ce que Robson soit de nouveau d'aplomb.

— Ça ne me plaît pas, dit Betsy. Ton aide m'est précieuse lorsqu'il s'agit d'établir nos stratégies de vente — c'est toi qui a le plus de flair pour les présentations et les nouvelles propositions aux clients. Je dois pouvoir compter sur toi pour préparer les gros coups.

— Je te promets de rester disponible pour ce genre d'affaires. Tu ne remarqueras pas la moindre différence.

Betsy soupira et se cala contre le dossier de son fauteuil, observant Jade.

Jade retint son souffle.

— Dis-moi franchement, reprit Betsy, le regard perçant. Il s'agit bien de ta promotion, n'est-ce pas ? Et rien de plus ? Tu ne me caches rien ?

Jade la dévisagea, interloquée.

— Pardon ?

— Tu n'es pas en train de me faire une petite crise d'altruisme ? La charité, c'est important, mais je serais désolée de te voir te planter à cause d'une pauvre petite usine qui n'a aucune chance, quel que soit ton talent. Relever un défi, c'est une chose, se suicider professionnellement, c'en est une autre.

Jade se raidit.

— J'apprécie de pouvoir aider les gens.

— Moi aussi. Tout le monde aime ça, dit Betsy d'un ton conciliant. Mais il ne faut pas s'encombrer de dossiers impossibles.

Elle regarda Jade puis reprit plus doucement.

— Tu es spéciale, Jade. Tu me rappelles moi… quand j'avais ton âge.

Jade lui rendit son sourire, flattée au plus haut point.

Betsy prit une longue inspiration.

— C'est d'accord. Tu peux l'avoir, ton petit projet.

Jade se mit à rayonner.

— Génial. Je m'y mets tout de suite…

— Pas si vite, l'interrompit Betsy. Je vais y mettre quelques conditions.

Jade acquiesça de la tête, enthousiaste. Rien n'était jamais gratuit avec Betsy « peau de vache ». Mais cela n'avait jamais posé le moindre problème à Jade.

— Tout d'abord, tu continues de travailler sur tous tes dossiers. Au moindre manquement, je te retire Robson.

— D'accord.

— Ensuite, tu vas continuer à m'aider avec les nouveaux clients.

Jade grogna intérieurement, mais conserva un air impassible.

— Pas de problème.

— Troisièmement… tu mises tout là-dessus pour obtenir ta promotion, Jade. Ce qui signifie qu'il va falloir que tu fasses tes preuves, auprès des associés et de moi-même. Robson doit payer sa note. Ce qui signifie, vu l'état des finances de sa boîte, que tu vas devoir l'aider à redresser la barre. Cela ne sera pas facile.

— Je sais.

— Je vais devoir expliquer aux autres associés pourquoi je ne te fais plus travailler sur de nouveaux projets et pourquoi tu as choisi de consacrer du temps et de l'argent à un client qui pourrait bien s'avérer être insolvable.

Un éclat de silex brilla dans les yeux gris de Betsy.

— En clair, cela signifie que je vais devoir les convaincre et faire moi-même des concessions.

Un frisson d'appréhension parcourut l'échine de Jade.

— Je ne voudrais pas te mettre en difficulté.

— Ne t'inquiète pas pour moi, j'ai la peau dure. Mais au vu des risques encourus, pour moi comme pour toi, je vais te proposer un marché. Si, grâce à toi, Robson signe le chèque de ce qu'il nous doit, je te nomme chef de projet, avec la possibilité d'acheter des parts dans l'agence — et de devenir associée. En revanche, si tu te plantes, tu renonces à la moindre promotion pendant toute une année, ainsi qu'à un certain nombre de dossiers importants.

Jade déglutit avec difficulté.

— Je vois…

— Es-tu certaine de vouloir prendre ce risque, Jade ? Tu as bien travaillé et la prochaine évaluation pourrait être la bonne. Avec un peu de patience…

Patience. Combien de fois s'était-elle répétée ce mot ? Mais, chaque année, ses espoirs de promotion étaient déçus. Elle finissait par avoir l'impression d'être menée en bateau.

L'image de Drew Robson lui revint soudain en tête. Et ses yeux bleu clair animés par une juste colère. Il aurait pu se trouver un boulot tranquille, mais il avait choisi de prendre la barre d'un navire en plein naufrage, déterminé à le ramener à bon port. Il n'était pas du genre à choisir la facilité.

Elle ne pouvait pas faire moins que lui.

— Je prends le risque, déclara Jade en se levant pour serrer la main de Betsy. Merci de me donner ma chance.

— Le contraire m'eut étonné, répondit Betsy en secouant la tête. Comme je te l'ai dit… tu es quelqu'un de spécial. Je suis persuadée que si quelqu'un peut réussir ce coup, c'est toi. Bonne chance, Jade.

— Merci.

— Et n'oublie pas de continuer à travailler pour mes nouveaux clients.

— Oui, madame, répondit Jade en clignant de l'œil.

Betsy éclata de rire et Jade prit congé, gagnée par l'excitation.

Je tiens ma chance, pensa-t-elle. *A moi de jouer.*

Et la partie allait se jouer dans l'antre du lion. Elle se dirigea vers son bureau et y décrocha son téléphone. Elle composa un numéro en tapotant impatiemment avec son stylo sur la table.

— Les aciéries Robson.

— Ah, madame Packard. Quel plaisir d'entendre de nouveau votre voix, dit-elle d'une traite. Il faut que je voie M. Robson au plus vite. Quand pouvez-vous me caser un rendez-vous ?

2.

Drew posa le dernier transparent de sa présentation sur le rétroprojecteur et se retint de passer un doigt dans son col pour le desserrer. Il avait l'impression d'avoir un nœud coulant autour du cou.

— Comme vous pouvez le constater, messieurs, investir dans les aciéries Robson constitue une valeur sûre, avec un retour sur investissement appréciable sur les quatre prochaines années. Concrètement, cela signifie revitaliser le tissu économique de notre ville, maintenir l'emploi de milliers de personnes et, en rationalisant nos procédures, nous réussirions à diminuer nos déchets de dix pour cent supplémentaires. D'un point de vue écologique, politique aussi bien qu'économique, c'est le choix de la réussite.

Il se tut un instant, puis éteignit le projecteur.

— Heu… je vous remercie.

Puis il regarda à l'autre bout de la salle de conférences où était assis son directeur financier, jouant le rôle de l'investisseur. Ken ne proféra pas un son.

— Alors, j'étais comment ? finit par demander Drew d'une voix bourrue.

Ken fronça les sourcils et secoua la tête en se frottant les tempes.

— Drew... je travaille pour toi, et même *moi*, je n'investirais pas dans la boîte après une présentation pareille.

Drew tira sur sa cravate et laissa échapper un soupir de soulagement en sentant le nœud se desserrer.

— Ecoute, je fais de mon mieux.

— Ne dis pas ça, ou ça signifie que nous sommes foutus, grommela Ken.

— Si tu n'avais pas travaillé pour mon grand-père, je te jure que je te botterai les fesses, déclara Drew en finissant de dénouer sa cravate avant de la jeter à travers la pièce. Ken éclata d'un petit rire sec lorsqu'il la reçut en travers de la poitrine.

— Ton grand-père, soupira Ken, était pareil. Il n'aurait pas su charmer un sac en papier, mais, bon sang, il s'y connaissait en matière d'acier.

Drew redevint grave.

— Eh oui, je sais, dit-il avant de sourire. Tu sais, après toutes ces années, il me manque encore terriblement.

Ils gardèrent le silence un moment.

— Ecoute, tu disposes de quatre semaines, dit Ken en se raclant la gorge. Ton grand-père réussissait toujours à trouver une solution quand il s'agissait de l'acier. Tu finiras bien par trouver quelque chose.

— Pour sûr, répondit Drew en sentant son estomac se serrer.

Mme Packard frappa à la porte de la salle de conférences. Elle qui, en toutes circonstances, donnait l'impression d'être amidonnée de frais paraissait sous le coup d'une émotion déroutante.

— Que se passe-t-il ? demanda Drew en la dévisageant. Une invasion ?

Peut-être que les créanciers en avaient finalement eu assez du téléphone. Etait-il possible de saisir une presse à métaux ?

— C'est cette *femme*. Elle est revenue, dit-elle en reprenant son souffle, comme si elle venait de repousser une foule d'infidèles à la porte de l'usine. Et vous n'imaginez pas ce qu'elle porte cette fois-ci !

Une onde de chaleur parcourut le ventre de Drew. La façon dont Mme Packard avait prononcé le mot « femme », comme elle aurait pu dire « libertine » ou « dévergondée » ne pouvait signifier qu'une seule chose : la barracuda des relations publiques, avec ses grandes jambes et ses cheveux de feu, était de retour. Et à en croire l'état de nerfs de sa secrétaire, elle était prête pour la bagarre.

— Elle a insisté pour vous voir, bien que je lui aie expliqué que vous étiez très occupé.

Le fait qu'elle ait osé défier le dragon qui lui servait d'assistante montrait que la jeune femme était courageuse. Ou idiote. Ou peut-être les deux.

— Dois-je la mettre à la porte ? demanda Mme Packard avec une note d'espoir dans la voix.

Ken laissa échapper un petit rire.

— Après nous avoir déclaré ça ? Pas question. Je veux voir comment elle est habillée.

— Je suis sûr que ta femme sera ravie lorsque je le raconterai au prochain pique-nique de la boîte, dit Drew avant de s'adresser à Mme Packard. Ne vous inquiétez pas, il n'y en aura pas pour longtemps. Je m'en occupe.

La secrétaire eut l'air déçue. Elle hocha la tête.

— Je vais la chercher.

Elle disparut et Drew se tourna vers Ken.

— Allez, dehors.

— Allez, quoi ! protesta son directeur financier. Quoi de mal à laisser un vieil homme admirer…

— Cela va être rapide et sans doute pas très joli joli, l'interrompit Drew. Je ne veux pas que tu m'interrompes.

Ken se leva et se mit à remuer les sourcils.

— Que j'interrompe quoi, exactement ?

— Que tu *interfères*. Je ne veux pas que tu interfères.

— Bien chef ! dit Ken en prenant la porte avec un sourire narquois.

Drew jeta sa veste de costume sur le dossier d'une chaise et remonta les manches de sa chemise. Il devait reconnaître qu'elle était tenace. Mais tenace ou pas, il allait la renvoyer dans sa boîte de baratineurs. En pleurant, si nécessaire. Il n'aimait pas se conduire ainsi, mais il connaissait les méthodes de travail de ces gens-là. Drew entendit un claquement de talons qui se rapprochait dans le couloir et il se composa un air ferme et déterminé.

Je vais me débarrasser une bonne fois pour toutes de cette femme, et peu importe son allure.

C'était vraiment ce qu'il pensait. Jusqu'à ce qu'elle pénètre dans la salle de conférences. Il en resta bouche bée.

Elle portait un jean moulant délavé sur une paire de bottes en cuir noir. Elle portait aussi un T-shirt noir dont la couleur avait passé, à l'effigie d'un groupe de rock dont il n'avait jamais entendu parler. Ses cheveux roux en pétard auréolaient son visage comme une explosion de feux d'artifice. Ses lèvres lui souriaient tandis que ses yeux gris-vert témoignaient de sa détermination.

— Monsieur Robson.

Et sans invitation de sa part, elle prit place à la table de conférence.

— Je suis navrée de me présenter ainsi à l'improviste. J'ai une proposition qui devrait vous intéresser mais, bizarrement, j'ai quelques difficultés à obtenir un rendez-vous. Je n'irais quand même pas jusqu'à imaginer que vous ayez demandé à votre… heu… secrétaire, de faire barrage.

— Je l'aurais fait, si j'avais pensé que vous soyez assez stupide pour revenir à la charge. Ce n'est pas la peine de vous installer, nous n'en aurons pas pour longtemps.

— C'est là où vous faites erreur, dit-elle avec assurance.

Elle posa les pieds sur la table et croisa les jambes à hauteur des chevilles.

— Je me suis trompée à votre sujet, continua-t-elle. J'ai cru qu'il suffirait d'un bras de fer, agrémenté d'un peu de charme et de cirage de pompes… mais c'était une erreur de ma part.

— Ce que vous avez à m'offrir ne m'intéresse pas.

— Exact. Mais ce qui vous intéresse, c'est de sortir de cette impasse.

Il plissa les yeux et lui jeta un regard mauvais.

— J'ai été videur dans une boîte de nuit, autrefois. Ne me forcez pas à vous reconduire à la porte, mademoiselle Morrow.

Elle se rassit dans son siège et soutint son regard, l'air tranquille et déterminé.

— Accordez-moi cinq minutes. C'est tout ce que je vous demande.

— Non.

— Vous essayez de sauver votre entreprise, dit-elle d'une voix vibrante. Je peux vous aider.

— Foutaises, dit-il en tendant le bras vers elle. Maintenant, si vous voulez bien me suivre…

Elle l'attrapa par le poignet pour l'arrêter. Il ne la repoussa pas, mais elle ne lutta pas non plus. La main de la jeune femme était posée sur son poignet comme une caresse et elle pouvait sentir son pouls battre contre ses doigts.

Ce contact inattendu arrêta Drew bien plus efficacement que ne l'aurait fait un bras de fer.

— Vous avez besoin d'une rentrée d'argent, et rapidement, continua-t-elle. Les investisseurs aiment les entreprises dans

le vent, vous le savez. Si votre nom commence à apparaître
— sous un bon jour— dans les magazines financiers et les
journaux…

— On a déjà contacté les investisseurs, dit Drew d'une voix
fatiguée, essayant de mettre un terme à la conversation. Nous
n'avons plus le temps, mademoiselle Morrow.

Elle fronça les sourcils. Il remarqua alors qu'elle n'avait
toujours pas lâché son poignet.

— Et si vous me racontiez plutôt ce qui s'est passé ?
demanda-t-elle en desserrant finalement les doigts.

Elle laissa aller son bras et il en ressentit une vive déception.
Ce qu'il dissimula en se massant les tempes, essayant en vain
de dissiper le mal de crâne qui le torturait depuis le matin.

— Je ne vois pas pourquoi je vous le dirai, dit-il en regrettant
aussitôt son ton mordant.

Elle n'eut pas l'air de s'en offusquer. Ni de vouloir s'en
aller.

— Je n'en *sais* rien, d'accord ? s'exclama-t-il en prenant
une longue inspiration.

Après tout, peut-être que s'il lui brossait un rapide tableau,
elle le lâcherait enfin.

— L'état de nos comptes n'est pas glorieux, mais ce n'est
pas non plus catastrophique. Bien entendu, comme vous
l'avez vous-même souligné, le fait que le précédent président
se soit enfui avec près d'un million de dollars n'arrange pas
nos affaires.

— Votre jeune âge non plus.

— A trente-quatre ans, ce n'est quand même pas comme
si je sortais de l'école !

— Vous avez obtenu votre MBA sur le tard, ajouta-t-elle
en fronçant les sourcils. Ce qui n'est pas mauvais en soi.

— Encore heureux que ça n'est pas mauvais ! Et comment
savez-vous à quel âge j'ai obtenu mon MBA, d'abord ?

— Vous êtes mon client, Drew, dit-elle.

Puis elle fit une pause et lui lança un sourire amical, et même un peu plus.

— Ça ne vous gêne pas, si je vous appelle Drew ? Parce que vu que nous allons passer beaucoup de temps ensemble dans les semaines qui viennent, cela risque de devenir un peu gonflant de vous donner du M. Robson chaque fois.

Il ne put s'empêcher de sourire.

— Bien sûr. Appelez-moi Drew. Mais pour ce qui est d'être votre client…

— Quand je travaille avec un client, je fais en sorte de réunir toutes les informations nécessaires sur sa boîte et les gens qui y travaillent, dit-elle d'un ton sérieux, exempt de toute trace de flirt. J'ai fait des recherches plus approfondies depuis ma dernière visite. Comme je vous l'ai déjà dit, c'était une erreur de jugement de ma part. Cela ne se reproduira pas.

Il ne put se retenir. Il la déshabilla du regard, de la pointe des bottes jusqu'à sa tignasse bouclée.

— Excusez-moi, mais je suis intrigué. C'est quoi, cette tenue ?

Elle éclata de rire et le son à la fois chaud et cristallin lui fit l'effet d'un coup de poing dans le ventre.

— Je me suis dit que c'était la seule tenue capable de vous convaincre que je ne souhaitais pas décrocher ce contrat à l'aide de mes atouts physiques.

Sa voix était riante et langoureuse et il sentit son corps se tendre comme sous l'effet d'une caresse. Même vêtue d'un sac à patates, elle aurait eu l'air sexy. Mais il était évident qu'elle avait revêtu cette tenue pour répondre à sa remarque perfide de l'autre jour.

— Alors, vous vous présentez devant moi en tenue de travail, après avoir fait quelques recherches et vous essayez de me convaincre que vous faites quelque chose d'utile, dit-il en essayant de ranimer le feu de sa colère.

Il serait plus facile de la jeter dehors dans cet état d'esprit. Mais le cœur n'y était plus. La dernière fois, il s'en était fait un plaisir. Elle était tout aussi sexy, mais avec des allures de banquière ou de vendeuse qui ne l'avaient guère ému. D'autant plus qu'elle avait essayé de lui faire du chantage. Mais là… elle avait l'air de quelqu'un avec qui parler, de quelqu'un qui essayait vraiment de comprendre. Elle lui disait vouloir l'aider. Et, l'espace d'un instant, il n'avait qu'une envie : lui donner sa chance.

Il secoua la tête.

Il fallait qu'il la mette à la porte. Il ne pouvait pas se permettre d'agir autrement.

Elle le dévisagea et, après un court instant, soupira.

— Vous ne me croyez pas, et je ne peux pas vous en vouloir.

— Vous ne m'en voulez pas, répéta-t-il d'un air pensif, mais vous n'allez pas me laisser tranquille, n'est-ce pas ?

Elle sourit.

— Après avoir fait toute cette route ? Certainement pas. J'aurais l'air de quoi ?

Il ne put s'empêcher de rire, mais il se reprit aussitôt en s'éclaircissant la gorge.

— Bien, bien. Mais comme vous l'avez remarqué, je suis très occupé…

Il n'aurait jamais dû dire cela. Elle jeta un coup d'œil autour d'elle et remarqua le dernier transparent de sa présentation qu'il n'avait pas encore rangé. Elle se leva d'un bond et, avant qu'il ait eu le temps de dire « ouf », ouvrit la chemise qui contenait les documents de son exposé.

— Eh !

Il se leva à son tour, mais c'était trop tard, elle avait commencé à les parcourir.

— Ça ? C'est ça que vous allez leur présenter ?

— Rendez-moi ça.

Il lui reprit les transparents des mains et n'eut plus besoin de simuler sa colère. Sa voix se fit coupante.

— Je vous le répète, je suis très occupé. Je vous demande donc de sortir.

— Vous avez conscience, au moins, que vous les assommez de chiffres ? demanda-t-elle avec un adorable sourire. Personne ne donnera le moindre centime après une présentation pareille. Vous pourrez vous estimer heureux s'il en reste un ou deux d'*éveillé*.

— Vous voulez que je vous signe tout de suite votre chèque de cent mille dollars pour vos conseils judicieux ?

— Eh bien, ça ne vaut sans doute pas la totalité de la somme, mais…

Elle s'interrompit, écarquillant les yeux.

— Ça y est !

— Quoi ?

— J'ai trouvé ! Je sais comment vous aider tout en faisant gagner légitimement ces cent mille dollars à l'agence.

Elle se mordit la lèvre d'un air pensif, ce qui lui donna un air diabolique… et adorable. Quoique les femmes dans son genre devaient détester qu'on les qualifie d' « adorables ». Sexy. Exotiques. Dangereuses, peut-être. Mais pas adorables.

— Que faites-vous, ce soir ? lui demanda-t-elle de but en blanc.

— Tout dépend de ce que vous proposez, répondit-il par réflexe. Non. Oubliez ça. Ce n'est pas ce que je voulais dire.

Elle lui jeta un petit sourire provocateur. Elle n'allait pas l'oublier comme ça…

— Je travaille tard, continua-t-il, d'une voix qui parut peu convaincante, même à ses propres oreilles.

— Parfait. Nous travaillerons ensemble. Puis-je vous emprunter ces documents ?

— Non, dit-il en les cachant derrière son dos. Qu'est-ce que vous manigancez ?

— Michaels & Associés est une agence de relations publiques, mais pas seulement. Nous faisons aussi du conseil en marketing, ventes, présentations, expliqua-t-elle d'une voix de plus en plus excitée. C'est parfait. Je vous présenterai ça ce soir. Donnez-moi quelques heures pour esquisser un projet. Nous pourrions dîner ensemble — un repas d'affaires, rien de très drôle, continua-t-elle d'une voix ferme. Je ne veux plus la moindre allusion à la façon dont je m'occupe de mes clients.

Il recula d'un pas et elle le poursuivit, les bras croisés sur la poitrine.

— Ecoutez, je sais que vous voulez me voir déguerpir et je peux le comprendre. J'ai beau aimer la voiture, je me passerai bien moi aussi de ces petites balades au milieu de nulle part à deux heures de route de Los Angeles. Mais je vais continuer à venir, tous les jours s'il le faut, et je ferai le pied de grue dans votre parking aussi longtemps qu'il le faudra. Vous êtes mon client et je prends mon boulot très au sérieux. Je compte bien vous aider, que vous le vouliez ou non.

Les yeux de Jade lançaient des éclairs. Il soupira.

— Je n'ai pas de temps à perdre avec ça.

Elle ne pipa mot.

— D'accord, je vous accorde une heure. Mais j'ai beaucoup à faire, dit-il sur un ton irrité.

Il était en train de craquer. Il *cédait*. Où était passé le type qui se faisait respecter des métallos à l'usine ? C'était un dur à cuire. Un patron intraitable.

42

Il était surtout, devant elle, un vrai chamallow.

— Quand ?

Elle avait l'air rayonnante, optimiste et même un petit peu goguenard.

— Et où ?

— J'ai pas mal de choses à faire… Je suppose que je pourrais faire une pause à 19 heures, dit-il. Et pourquoi pas ici ?

— Pas sur votre terrain, répondit-elle d'une voix qui ne souffrait pas la discussion. Ce sera un repas d'affaires. Trouvez un autre endroit. Un terrain neutre.

Il secoua la tête.

— Je ne pense pas que ce soit une bonne idée.

— Non, bien sûr, mais vous êtes large d'esprit, répondit-elle. Allez. Un endroit neutre. Dites-moi juste où vous retrouver. Et donnez-moi ces documents.

Il soupira.

— Très bien. 19 heures, chez Grady's.

— Parfait, dit-elle en marquant une pause. Les transparents ?

Il baissa les yeux sur les tableaux de données qu'il tenait à la main. De toutes les façons, il devait s'en débarrasser, comme l'avait suggéré Ken.

— C'est confidentiel, répliqua-t-il néanmoins.

Elle leva les yeux au ciel.

— Vous avez signé un contrat et nous, nous avons signé une clause de confidentialité, dit-elle d'un ton qui suggérait « vous croyez qu'on se risquerait à violer les règles ? »

Elle poussa un petit soupir et il lui tendit les documents, à contrecœur.

— Très bien. A 19 heures, alors, dit-elle en prenant la direction de la sortie.

Puis elle s'arrêta et jeta un coup d'œil par-dessus son épaule.

— Oui ? demanda-t-il alors qu'elle continuait de le dévisager en silence.

— Je dirai une seule chose, au sujet de votre exposé, dit-elle avec un demi-sourire. Ce costume joue en votre faveur.

Puis elle lui adressa un petit clin d'œil et sortit de la pièce, le laissant en proie au désir — et à la frustration.

Il n'avait pas de temps à perdre à flirter avec sa conseillère en communication, encore moins…

Il grinça des dents.

Conseillère en communication. Ça y est, le lavage de cerveau avait commencé. Ça promettait…

Jade était installée dans l'une des alcôves du restaurant grill Grady's. Devant elle était étalée une série de transparents, qui se disputait la place avec un énorme steak pour deux personnes que venait de leur apporter le serveur.

— Comme je vous le disais, si vous regardez ce document…

Drew fronça les sourcils.

— Quoi ?

Elle grommela entre ses dents puis haussa la voix.

— Si vous regardez ce document…

— Quoi ? Je ne vous entends pas !

Elle le fusilla du regard.

— Vous *saviez* qu'il y avait un groupe qui jouait au restaurant ce soir ?

Il lui sourit.

— Les groupes locaux se produisent tous les soirs chez Grady's. Du mardi au dimanche.

Elle s'adossa à la banquette et s'efforça de masquer son irritation.

— Et je suppose que c'est le seul restaurant de la ville ?

— Eh bien, il y a Pietri's, mais il est fermé pour travaux en ce moment, répondit Drew, les yeux brillants d'une lueur facétieuse. Et c'est vous qui avez insisté pour aller au restaurant.

Oui, elle avait insisté pour sortir. Pour négocier en territoire neutre. Elle aurait dû s'en douter. La ville tout entière était son territoire. Elle avait continué ses recherches durant l'après-midi. Les transparents lui avaient livré des informations précieuses sur les aciéries Robson et elle avait aussi découvert que la majorité des habitants de la ville de San Angelo travaillaient pour Drew. Depuis qu'ils avaient pris place dans l'une des alcôves de Grady's, pas moins de vingt personnes étaient venues le saluer — ou échanger quelques mots avec lui. Et toutes avaient exprimé leur inquiétude quant à l'avenir de l'entreprise.

Ils l'avaient aussi tous détaillée de pied en cap, elle, l'étrangère. Elle avait eu l'impression qu'ils voyaient rarement Drew en dehors de l'usine — et rarement avec une femme.

Ce qui l'avait ravie — c'était un sentiment tout à fait déplacé et peu professionnel, mais tant pis.

— Ecoutez, dit-elle en se penchant vers lui. Vous leur balancez trop de chiffres et pas assez d'arguments de vente. Pourquoi devraient-ils vous aider ?

Il se pencha vers elle à son tour et elle sentit son parfum épicé lui caresser les narines.

— Parce que nous sommes une très bonne aciérie, répondit-il, sur la défensive. Nous…

— Vous, vous, vous, l'interrompit-elle. Ils se fichent complètement de vous.

Il lui jeta un regard étincelant de colère.

— Alors pourquoi perdre du temps à les convaincre ?

Il était à fleur de peau et sa colère avait quelque chose de contagieux. Elle sentit son ventre se serrer sous le coup de l'émotion. Ou, pour être plus précis, de la frustration.

— Comment avez-vous fait pour aller si loin dans la vie si c'est votre ego qui vous guide ? demanda-t-elle, plus pour elle-même que pour lui.

Mais à cet instant précis, le groupe de musique avait choisi de faire une pause et, dans le silence relatif qui s'ensuivit, elle réalisa que Drew avait entendu sa remarque.

— Je croyais que vous étiez là pour m'*aider*, dit-il sur un ton sarcastique. Mais merci quand même pour le dîner, c'était agréable de le passer en si charmante compagnie.

— L'addition est pour vous, répliqua-t-elle sans réfléchir.

Puis elle prit une longue inspiration.

— D'accord. Laissez-moi reprendre du début. Les investisseurs sont comme tout le monde. Il n'y a que leurs propres intérêts qui les motivent. Si vous voulez qu'ils vous donnent de l'argent, il faut que vous leur montriez ce qu'ils ont à gagner dans cette affaire.

Elle allait poursuivre, mais il la regarda avec une drôle d'expression — comme de la tristesse.

— Vous croyez vraiment cela ?

Elle cligna des yeux.

— Est-ce que je crois vraiment quoi ?

— Que tout le monde n'est motivé que par ses propres intérêts.

Elle le dévisagea en silence.

Il avait changé de vêtements avant de venir — elle se demanda si c'était à cause de sa remarque — et portait un T-shirt, comme elle, et un jean. Ses joues et son menton étaient marqués par un début de barbe et un fin voile de sueur lustrait ses tempes — il avait dû faire chaud dans son bureau. Il avait l'air rude, brut.

Et c'était un *idéaliste*.

Un mètre quatre-vingt-quinze, des yeux bleus, des cheveux noirs, sublime et *idéaliste*.

Cela promettait d'être plus difficile que prévu.

— Je ne veux pas dire que les investisseurs sont foncièrement mauvais, dit-elle d'une voix lente. Ni que vous êtes là pour leur soutirer de l'argent.

— Ah bon ?

Il allait aussi falloir qu'elle le débarrasse de son air sarcastique. Elle se redressa.

— Je suis l'une des meilleures conseillères en relations publiques et en communication sur le marché. Je pourrais vous ensevelir sous une tonne de données sur tout ce que j'ai fait pour mes clients, commença-t-elle, puis elle s'interrompit et fronça des sourcils. Est-ce que cela vous aurait impressionné ?

Il secoua la tête et elle lui sourit.

— Non. Exactement. Vous voulez savoir ce que cela va vous rapporter, à *vous*, et à *votre* compagnie.

— A vous entendre, on pourrait croire que je ne pense qu'à moi, grommela-t-il, et elle dut se pencher un peu plus vers lui pour entendre la suite, alors que les musiciens étaient en train de réaccorder leurs instruments. Il y a beaucoup de gens qui comptent sur moi. Pour leur travail. Vous voyez, tous ces gens.

Elle regarda autour d'elle et hocha la tête.

— Je ne dis pas que vous êtes égoïste, Drew, dit-elle d'une voix douce, plus douce qu'elle ne l'aurait voulu, et il dut se pencher vers elle pour l'entendre. Je dis juste que lorsque vous savez de quoi votre interlocuteur a besoin, vous pouvez plus facilement le convaincre que vous voulez l'aider. C'est tout.

Elle se tut mais il ne bougea pas et elle pencha la tête sur le côté. Leurs visages se touchaient presque.

— Je veux vraiment vous aider, Drew, murmura-t-elle.

Ils demeurèrent ainsi quelques secondes. Puis le concert reprit dans un fracas discordant et ils sursautèrent.

— Sortons d'ici, dit-il en regardant l'addition posée sur la table et en jetant quelques billets dessus. Elle hocha simplement la tête, secouée par une étrange émotion.

Ils sortirent sur le parking et elle inspira longuement l'air du soir. La température avait sacrément monté, à l'intérieur, sans qu'elle s'en aperçoive. C'était sans doute à cause de la foule et du concert. Elle regarda Drew marcher devant elle, ses muscles jouant à chacun de ses mouvements.

Elle était en train de se laisser déconcentrer. Ce n'était pas une bonne idée... surtout avec un tel enjeu.

Il la raccompagna à sa voiture, une vieille Ford Mustang peinte en rouge cramoisi.

— C'est votre voiture ?

— C'est mon bébé, répondit-elle avec un sourire.

Il le lui rendit.

— Une femme conduisant une voiture pareille ne peut pas être si mauvaise que ça, après tout.

— Merci, dit-elle puis elle inspira profondément. Cessons de tourner autour du pot. Je peux vous aider. Vous avez besoin d'aide pour votre présentation. Si vos investisseurs en sortent convaincus, ils vous donneront de l'argent, et vous, vous pourrez non seulement nous payer mais aussi rénover votre entreprise. Ce n'est pas de l'égoïsme, c'est de la logique. Je vous aide, vous m'aidez... C'est ça, les affaires.

Son regard s'assombrit et il eut l'air pensif.

— Ecoutez, je sais que vous n'aimez pas ce que vous entendez. Vous faites cela pour la ville. Je vous crois. Si

vous me prenez dans votre équipe, ce sera aussi mon but.
D'accord ?

Drew resta silencieux

Elle s'adossa à sa voiture et croisa les bras.

— Bon sang, que dois-je faire pour vous convaincre que je
ne dis pas cela seulement pour vous vendre mes services ?

Il fit un pas vers elle.

Elle retint son souffle.

— Je comprends ce que vous me dites, dit-il d'une voix
sourde. Vraiment. Mais… Oh, bon sang ! Si je rate cette
présentation, je ne *serai* pas capable de vous payer. Point.

Son expression affichait l'air de quelqu'un à qui on vient
de planter un couteau dans le ventre. Il n'y avait sans doute
rien de plus difficile pour un homme comme lui que d'avoir
à reconnaître cela. Elle se sentit chavirée par la compassion
et le prit par l'épaule.

— Vous n'allez pas la rater, dit-elle doucement. Je le
sais.

— Ah oui ? Et qu'est-ce qui vous fait dire cela ?

Il avait essayé de reprendre son ton sarcastique, mais il
en était loin.

Elle lui adressa un petit sourire moqueur.

— Parce que mon équipe ne perd jamais.

Il lui sourit… et se pencha vers elle.

L'espace d'un court et merveilleux instant, l'esprit de Jade
s'enraya. Elle n'était pas sûre de savoir si elle désirait qu'il
aille jusqu'au bout ou qu'il recule d'un pas. Ou bien si elle
voulait, elle, avancer vers lui.

Mais il se figea, à quelques centimètres à peine de son
visage. Ils se dévisagèrent, immobiles, et elle contempla le
reflet de ses yeux bleus, presque noirs dans le clair de lune,
et son visage aux arêtes saillantes.

— D'accord, dit-il enfin et le souffle de sa voix tout contre sa peau la fit frissonner. Je vais le faire.

Oh, bon sang. Elle ne demandait pas mieux.

— Faire quoi ? finit-elle par demander en un petit coassement comique.

Il recula d'un pas.

— J'accepte votre proposition. Le conseil en communication. Avec vous.

Elle avait franchi la première étape. Il acceptait de travailler avec elle. Mais ses lèvres fourmillaient d'un désir contrarié et elle s'efforça de calmer ses nerfs qui la chatouillaient de haut en bas.

J'ai gagné, espèce d'idiote. Concentre-toi !

— C'est fantastique.

Elle se racla la gorge et se redressa.

— Nous devrions commencer tout de suite. Il n'y a pas de temps à perdre. Nous disposons de quatre semaines, ce n'est pas énorme, mais en travaillant dur...

Il secoua la tête énergiquement avec un grand sourire.

— Quoi ?

— Il y a un petit problème, dit-il et il lui donna l'impression d'être aussi contrarié qu'elle. Je ne peux pas commencer tout de suite. En fait, je ne serai libre que deux ou trois jours.

— Deux jours ?

Elle n'avait pas eu l'intention de crier, mais la surprise lui faisait souvent hausser le ton.

— Vous êtes dingue ?

— Je crois que je commence à vraiment apprécier votre caractère, lui dit-il avec un sourire en coin.

— Et moi, je crois que votre sens de l'humour va me tuer, répondit-elle du tac au tac. Je croyais qu'on faisait équipe.

Le visage de Drew redevint sérieux.

— Je ne fais pas ça pour vous embêter. Promis. J'ai un voyage d'affaires de prévu. Cela doit durer trois semaines, une sorte de tournée de nos clients ruraux. Ce sont aussi nos plus gros clients et nous avons plus que jamais besoin de leurs commandes. Je *dois* y aller.

— Mais vous avez des commerciaux, pour ça ! s'exclama-t-elle.

Bon sang, deux jours ! Elle-même n'avait pas l'audace de prétendre réussir en si peu de temps.

Il soupira.

— Il n'y a que moi qui sois vraiment capable de négocier avec ces clients.

Elle ferma les yeux.

— Bien, dit-il en lui tapotant le menton, un nouveau sourire aux lèvres. On se revoit dans trois semaines ?

— Je ne peux pas travailler dans ces conditions, dit-elle.

— C'est tout ce que je peux vous proposer, dit-il en désignant la Ford Mustang. Je ne voudrais pas vous congédier, mais vous avez une longue route qui vous attend, non ?

— Si, dit-elle. Quand partez-vous ?

— Lundi. Premier arrêt, Montecito, à quelques heures d'ici, près de la frontière avec le Nevada.

— Peut-être que vous pourriez… je ne sais pas, moi… faire ça au téléphone ? suggéra-t-elle en se creusant la cervelle.

Deux jours ! Ils n'y arriveraient jamais.

Il lui sourit. Avec indulgence.

— Bien sûr. Je vais essayer.

— On ne va pas y arriver, marmonna-t-elle en ouvrant la portière et en prenant place derrière le volant.

— Ne vous inquiétez pas, dit-il en fermant la portière et en attendant qu'elle descende la vitre. Votre équipe ne perd jamais, n'est-ce pas ?

Les jurons qu'elle proféra furent noyés par le rugissement de son moteur. Il sourit et se pencha vers elle.

— Je vous appellerai, dit-il, tellement près qu'elle sentit son souffle sur elle.

Et, avec un sourire moqueur, il se redressa.

Elle le regarda s'éloigner, monter dans sa propre voiture, démarrer et s'en aller. Heureusement, il ne remarqua pas qu'elle se laissait aller dans son siège, les yeux mi-clos, le souffle court. Ce type lui faisait l'effet d'un coup de poing dans le ventre. Et il l'avait mise K.O.

C'était la première fois qu'un truc pareil lui arrivait. Et c'était tout bonnement humiliant.

Elle finit par sortir du parking et se dirigea vers l'autoroute. Maintenant qu'il n'était plus là, à l'embrouiller, elle pouvait se concentrer sur quelque chose d'autrement plus problématique que son irrésistible sex-appeal. Comme le fait qu'elle ne disposait que de deux jours pour réussir ce que même un génie ne pourrait pas accomplir en une semaine. Et puis, d'abord, qui pouvait être assez idiot pour s'embarquer dans une tournée juste avant une réunion décisive avec des investisseurs ?

Il fallait qu'elle annule. Qu'elle dise à Betsy qu'elle avait commis une erreur de jugement monumentale et lui demande d'annuler leur petit arrangement. Ou, mieux encore, elle n'avait qu'à prétendre n'avoir jamais entendu parler des aciéries Robson, de la ville de San Angelo ou même de M. Drew Robson la bombe sexuelle.

Votre équipe ne perd jamais, n'est-ce pas ?

Elle prit une longue inspiration. Elle n'allait rien annuler du tout.

Après avoir débité quelques chapelets d'insultes et imaginé une demi-douzaine de façons amusantes d'étrangler Drew Robson — elle n'était qu'humaine, après tout — elle finit par se calmer et se mit à réfléchir à une solution.

Ce n'était pas insoluble. Très peu de choses l'étaient. Il fallait juste qu'elle trouve plus de temps pour apprendre la vente à un type insupportable, arrogant… et terriblement appétissant.

Tant que j'y suis, je n'ai qu'à m'atteler aussi au problème de la paix dans le monde, se dit-elle en changeant de vitesse. Au moins, elle avait deux heures de route devant elle. Elle réussissait toujours mieux à se concentrer en roulant, de toute façon.

Elle cligna des yeux.

La route.

Elle sourit et le moteur de la Mustang vrombit, comme pour l'encourager.

Trois semaines sur la route.

Elle l'avait trouvée, sa solution.

— Je suis vraiment content que tu t'en charges, Drew. Cela va faire une grosse différence. Et, tu verras, je suis sûr que tu te sentiras mieux, une fois sur la route.

Drew jeta sa valise dans le coffre de sa Chevrolet Impala avec juste un peu trop de vigueur. Ken ne l'avait pas lâché depuis qu'il était arrivé à l'usine ce matin. Drew ne doutait pas une seconde qu'il se sentirait mieux une fois sur la route, enfin hors de portée de Ken et de ses encouragements compulsifs.

— Tu as la liste des clients, n'est-ce pas ?

— Oui, Ken, répondit-il sagement en jetant sa housse à vêtements par-dessus sa Samsonite. Il partait en tournée de trois semaines pour la boîte. Il avait l'impression de partir au front.

— Tu as pris les échantillons ?

— J'ai pris les brochures des nouveaux produits, répondit Drew en lançant un regard sceptique à Ken. Je n'ai pas prévu d'emporter un rouleau de deux tonnes avec moi. Je ne suis pas certain que mon permis B m'autorise à transporter pareille cargaison.

— Hein ? Quoi ? Oui, bien sûr, dit Ken avec un sourire penaud. Excuse-moi, je suis nerveux. C'est tellement important pour les aciéries Robson.

— Crois-moi, j'en ai conscience, répondit Drew.

Ken se tenait à côté de la voiture, flanqué par Mme Packard, qui était quelqu'un de bien trop serein pour se tordre les mains. Mais chaque fois que Ken reprenait son souffle, elle prenait le relais.

— Vous avez bien pris toutes les cartes routières ? demanda-t-elle d'un ton qui aurait pu passer pour maternel s'il n'avait été aussi cassant. Et toutes les adresses ?

— Tout est là, sur le siège passager, madame Packard.

Elle lui avait imprimé toutes les indications routières, étape par étape. Il était surpris qu'elle ne lui ait pas elle-même installé un GPS pendant qu'il regardait ailleurs.

— J'ai inclus un maximum d'informations sur chaque client, le plus que j'ai pu trouver, reprit Ken sur un ton d'excuse en regardant Mme Packard d'un air prudent. Tu pourras au moins en prendre connaissance la veille de chaque rendez-vous. Et tu as ton ordinateur portable avec toi, aussi, n'est-ce pas ?

— Oui, j'ai mon portable.

Il le posa à côté de la valise. Encore heureux que la Chevrolet soit munie d'un grand coffre. A ce rythme, il allait bientôt y caser Ken et sangler Mme Packard sur la galerie fixée au toit.

— J'ai les infos, j'ai les cartes, j'ai les brochures. La batterie de mon téléphone est rechargée, j'en ai une d'avance, ainsi que le chargeur. J'ai une quarantaine de caleçons avec mon nom cousu à l'intérieur. Autre chose ?

Ken lui fit un petit sourire.

— Seulement quarante ?

— Il vous faut une bouteille d'eau pour la route, intervint Mme Packard. C'est un long voyage. Il ne faut pas que vous vous déshydratiez.

Drew se frotta les yeux avec les paumes de ses mains. Même les étudiants qui quittaient la maison familiale pour la première fois pour aller à l'université, ne subissaient pas pareil traitement.

Mme Packard leva les yeux vers le ciel.

— Le temps s'assombrit, dit-elle. Vous ferez attention, en conduisant.

Ce n'était pas une question. Il hocha néanmoins la tête en se retenant pour ne pas répondre « oui, madame ».

— Eh bien, je crois que tu es prêt à partir, dit Ken en serrant la main de Drew. Tu as travaillé comme un diable durant tout le week-end. Je suis sûr que tu vas nous rapporter d'énormes commandes.

— Que Dieu t'entende, répondit Drew en ne plaisantant qu'à moitié.

Il avait tout étudié dans les moindres détails, c'était certain. Mais il avait aussi dû faire un effort constant pour ne pas penser à Jade. La façon dont elle lui avait parlé, à la fois si sûre d'elle et en même temps si gentiment. La façon dont elle l'avait assuré qu'il n'allait pas tout rater. Il n'avait pas pu la chasser de son esprit. Sa main sur son épaule, ses yeux dans les siens…

Bien entendu, dans ses rêves, elle avait fait un peu plus que le réconforter.

Il ferma les yeux. Il avait trois semaines pour la sortir de son système. Et lorsqu'il rentrerait, il serait tellement fatigué qu'il ne pourrait penser à rien d'autre qu'à sa présentation pour les investisseurs.

Il allait fermer le coffre lorsqu'il entendit le vrombissement d'une voiture qui déboulait dans le parking de l'usine. Ils se retournèrent tous les trois en direction du bruit.

— Mais qu'est-ce que… ! s'exclama Ken tandis qu'une Ford Mustang rouge cerise se garait à côté de la voiture de Drew en crissant des pneus.

Drew connaissait la voiture. Et il en connaissait la conductrice.

Jade s'éjecta de sa voiture dans un tourbillon de poussière. Elle était vêtue d'un pantalon kaki à l'allure confortable, d'un débardeur noir et de baskets.

— Génial, j'avais peur d'être en retard !

C'était la première fois que Drew voyait Mme Packard avoir l'air décontenancé. Ce qui n'avait pas l'air d'émouvoir outre mesure Ken. Celui-ci dévisageait Jade, bouche bée.

— En retard pour quoi ? s'obligea à demander Drew.

Le sourire de Jade était éblouissant — et il commençait à connaître cette petite flamme qui dansait dans ses yeux.

— Pour la tournée en voiture, bien sûr, dit-elle en ouvrant son coffre. Il la regarda en sortir deux valises et un étui d'ordinateur portable.

— Oh, non, dit-il.

Et il s'interposa, en un réflexe idiot, entre Jade et le coffre de la Chevrolet, en écartant les bras.

— Vous ne venez pas avec moi, ajouta-t-il en ignorant ses sourcils froncés.

— Si vous voulez bien nous excuser, dit-elle en direction de Ken et de Mme Packard, le visage impassible.

Ken ouvrit des yeux ronds et tira Mme Packard par la manche. Celle-ci jeta un regard furieux à Jade.

— De ma vie, jamais ! siffla-t-elle entre ses dents.

— Et ça ne risque pas de vous arriver, tant que vous porterez ce collant de maintien, répliqua Jade sur le même ton.

Mme Packard fusilla Jade du regard. Celle-ci se retourna vers Drew.

— Vous devez travailler à votre présentation.

— Et faire la tournée des clients, ajouta-t-il. Si nous ne décrochons pas de contrats, l'argent des investisseurs ne servira à rien.

— On fait d'une pierre deux coups, dit-elle en posant ses valises à terre. Je vous accompagne. Je vois comment vous vous débrouillez auprès des clients pour prendre les commandes. On travaille là-dessus. On travaille en roulant, pendant les repas. Si besoin, je vous enregistre des cassettes pour continuer à travailler pendant que vous dormez.

— Quoi, vous n'allez pas me susurrer vos conseils à l'oreille vous-même ?

Elle n'était pas sérieuse, quand même ? Elle ne comptait pas l'accompagner *vraiment*, si ?

Elle lui fit un clin d'œil.

— Seulement si c'est désespéré.

Son esprit s'emballa.

— Je ne peux pas… je veux dire…

— Vous allez sans doute finir par me détester. Mais je ne vais pas vous laisser tomber quand vous avez besoin de moi.

Elle le poussa d'un coup de coude et, surpris, il la laissa faire, sans réagir. Elle plaça ses valises dans le coffre et ferma le coffre de la Mustang.

— Vous conduisez d'abord ou c'est moi qui commence ?

— Vous ne conduisez pas, dit-il d'une voix atone.

Il se sentait hébété. Ce n'était pas vrai. Il était en train de rêver. Il allait se réveiller…

Elle lui fit un grand sourire.

— D'accord.

Et elle s'installa aussitôt sur le siège passager. Il la dévisagea puis tourna le regard vers Ken et Mme Packard. Sa secrétaire avait viré au rouge cramoisi et Ken semblait partagé entre l'horreur et l'hilarité.

— Elle ne m'accompagne pas, leur dit-il avant de contourner la voiture et d'ouvrir la portière côté passager.

— Vous ne m'accompagnez pas.

Elle le regarda par-dessus les verres sombres de ses lunettes, avec son sourire sexy et insolent.

— Bien sûr que si.

— Bien sûr que non.

Il essaya d'anticiper comment elle réagirait s'il la tirait brutalement hors de la voiture. Aurait-elle le temps de s'accrocher à quelque chose ?

— Vous vous croyez où ? Je dois partir en tournée pour voir mes clients. Je n'ai ni le temps ni l'énergie pour me battre avec vous.

Elle prit soudain un air sérieux.

— Vous n'avez surtout pas de temps pour préparer votre rendez-vous avec les investisseurs, dit-elle. Nous allons trouver ce temps ensemble. Faites-moi confiance.

Lui faire confiance ?

Ses yeux verts étaient fascinants.

— Je vous demande une semaine, dit-elle à voix basse. Et si vous n'êtes toujours pas convaincu, je vous promets que je me débrouillerai pour rentrer toute seule à Los Angeles. Mais donnez-moi une chance, bon sang. Après tout, vous n'avez pas d'autre solution, n'est-ce pas ?

Il la dévisagea durant une longue minute. Son visage, que d'autres auraient qualifié de sexy ou de joli, avec son teint de porcelaine et ses hautes pommettes, cachait quelque chose de plus dur et de plus complexe. Une main de fer dans un gant de velours. Elle était forte. Intelligente. Et il lui faudrait plus que des tenailles pour la faire sortir de sa voiture.

Et c'est finalement ce qui le décida.

— Une semaine, répéta-t-il en claquant la portière. Ken, madame Packard, je vous appelle une fois sur la route.

Il les laissa plantés là, incrédules, au beau milieu du parking. Puis il s'installa au volant et attacha sa ceinture.

— Une seule règle, déclara-t-il pendant qu'elle s'attachait à son tour. C'est moi qui choisis la musique.

— Pas de problème, répondit-elle d'une voix enjouée. C'est vous le client.

3.

Jade et Drew étaient assis à la table d'un restaurant de bord de route, au milieu de nulle part, à mi-chemin de Montecito. Jade avait choisi un hamburger, des frites et un milk-shake au chocolat. Drew avait pris la même chose, mais sans le milk-shake — sans doute un peu trop frivole pour lui. Il n'avait pas arrêté de froncer les sourcils depuis le début du repas.

— Si vous continuez à faire la grimace, vous allez rester coincé comme ça, le taquina-t-elle gentiment en faisant tourner la paille dans son verre de crème glacée.

— Je n'aurais jamais dû accepter, grommela-t-il sans la regarder. Nous ne sommes partis que depuis trois heures et vous n'avez pas fermé la bouche plus de dix secondes.

Elle pencha la tête sur le côté.

— J'aurais moins parlé si vous aviez participé à la conversation.

— Je réfléchissais. J'ai besoin de me préparer, dit-il en lui lançant un regard noir. Contrairement à certains qui ne réfléchissent jamais avant d'ouvrir la bouche.

Elle battit des cils plusieurs fois tout en aspirant une gorgée de son milk-shake. Elle commençait à lui taper sur le système. Parfait. C'était un début.

La serveuse, une jeune femme brune d'une vingtaine d'années déposa leurs assiettes sur la table et tourna les talons.

— Excusez-moi, dit Jade en essayant de l'arrêter. Pourriez-vous nous donner du ketchup ?

La serveuse lui jeta un regard vide, haussa les épaules et regagna la cuisine en traînant les pieds.

Jade soupira bruyamment. C'était un jour *sans*, apparemment, pour ce qui était de la communication. Mais n'importe qui aurait été lessivé à rester enfermé plusieurs heures d'affilée dans une voiture avec une huître pour tout interlocuteur. Elle reporta son attention vers lui.

Il dégustait son hamburger avec délectation. Elle croqua une bouchée à son tour. Le sandwich n'était pas mauvais, mais il ne justifiait pas une telle ferveur. S'il croyait la réduire ainsi au silence, il se trompait !

— Alors, commença-t-elle sur un ton désinvolte, vous essayez de sauver l'entreprise que votre père a failli couler. Vous-même êtes excessivement honnête, tandis que lui, c'était une ordure. Vous m'arrêtez si je me trompe.

Il s'interrompit, les mâchoires serrées. Puis il avala lentement sa bouchée et haussa les épaules.

— Je ne dirais pas que je suis excessivement honnête.

Il n'avait pas relevé le mot « ordure », qui était censé le faire réagir. Ce n'était pas bon signe.

— Je vois. Et… c'était un sacré bon commercial, hein ?

Il plissa les yeux. Elle remarqua qu'il avait arrêté de manger et jouait avec une frite dans son assiette.

— C'est ce qu'on m'a dit. Je n'ai jamais travaillé avec lui.

Encore quelque chose qu'il lui faudrait creuser.

— Charmeur ?

Drew haussa les épaules. Elle prit ça pour un oui.

— Et beau, aussi, non ?

Cette fois, il la dévisagea.

— Pourquoi dites-vous ça ?

— Il faut bien que vous teniez *quelque chose* de lui.

Il eut l'air déconcerté une minute. Et puis il se détendit et se mit à lui sourire, lentement. Ce qui causa à Jade des frissons jusqu'au bout de ses orteils.

— Je dois prendre ça comme un compliment ?

— C'est une observation, répondit-elle en s'efforçant de calmer les battements de son cœur. On dirait que vous avez un blocage pour tout ce qui touche à la vente. J'essaie juste de comprendre pourquoi.

Le sourire s'effaça aussi vite qu'il était venu et elle ne put s'empêcher d'en éprouver un pincement au cœur.

— Alors, vous faites aussi la psy.

Ce fut elle qui haussa les épaules cette fois-ci.

— La clé, pour être un bon commercial ou un bon attaché de presse, c'est de comprendre comment fonctionnent les gens, dit-elle avant de faire une pause. Sans vouloir vous vexer, vous n'êtes pas très difficile à comprendre, en ce moment.

Elle avait réussi à l'énerver juste assez pour qu'il lui réponde.

— Ce n'est pas que je n'aime pas vendre. J'aime les ventes. C'est ce qui fait vivre la compagnie, dit Drew. C'est juste… les slogans, les techniques, les arguments de vente, toutes ces stupidités. Je crois en l'usine, et c'est de cela que je parle. S'ils ont besoin de nous, ils achèteront. C'est simple. Je ne vais pas essayer de convaincre les gens d'acheter quelque chose qu'ils ne veulent pas.

Contrairement à vous, signifiait son regard appuyé.

Elle poussa un long soupir.

— Je ne dis pas que vous devriez… Excusez-moi ! dit-elle en s'interrompant pour s'adresser à la serveuse qui venait de passer à côté de leur table. Le ketchup ?

La jeune femme haussa de nouveau les épaules et repartit en direction de la cuisine.

Si elle oublie encore une fois, je vais la…

Mais, à sa surprise, Drew arrêta à son tour la serveuse et attendit qu'elle lève les yeux de son bloc-notes pour la regarder dans les yeux.

— Excusez-moi, mais pourriez-vous nous amener de la moutarde, en même temps que le ketchup, s'il vous plaît ?

Sa voix avait la suavité du miel. La serveuse écarquilla les yeux. Tout comme Jade. Il avait exprimé sa requête sur un ton léger, mais son sourire était chaleureux et son air amical.

— Tout… tout de suite.

La démarche traînante avait disparu et la serveuse piqua presque un cent mètres en direction de la cuisine.

Drew se retourna vers Jade.

— Excusez-moi. Que disiez-vous ?

Jade cligna des yeux.

— Recommencez.

— Recommencer quoi ?

— Ce que vous avez fait avec la serveuse.

— Vous voulez que je *vous* demande la moutarde et le ketchup ? demanda-t-il sur un ton amusé. D'accord. Vous auriez de la moutarde et du ketchup dans votre poche, Jade ?

La serveuse reparut avant que Jade ait pu répondre et posa les bouteilles de condiments sur la table.

— Et voilà, dit-elle sans même accorder un regard à Jade.

Drew la remercia en souriant et la serveuse eut l'air subjuguée.

Ce qui, en dépit du bon sens, contraria Jade.

— Merci, murmura-t-il et la jeune femme se redressa.

— Si vous avez besoin de quoi que soit d'autre…, dit-elle en clignant de l'œil.

Jade imaginait très bien ce que la serveuse avait à proposer… et cela ne figurait pas sur la carte.

Drew se retourna vers Jade sans remarquer le regard lourd de sous-entendus que lui lança la jeune serveuse en s'éloignant.

— Finalement, vous pouvez garder votre ketchup, dit-il à Jade en saisissant la bouteille et en se servant copieusement sur le bord de son assiette. Pourquoi fallait-il que je vous en demande, d'ailleurs ?

Jade attendit que la serveuse ait disparu puis elle se tourna vers Drew.

— Je ne vous parlais pas de ketchup. Je vous parlais du petit numéro de charme que vous venez juste de faire devant moi. A la serveuse.

Il la regarda d'un air perplexe.

— Je n'ai rien fait.

— Oh, je vous en prie ! Ce regard à la Paul Newman, cette voix à la Barry White, dit-elle en prenant à son tour une voix suave. Si ça n'était pas un numéro de charme, moi, je mange ma casquette.

— Je me suis juste montré gentil, dit-il d'un air irrité en trempant une frite dans le ketchup.

— Ah ! Si je savais me montrer « gentille » comme ça, j'aurais déjà fait main basse sur la Californie et une bonne partie du Texas, dit-elle en remuant énergiquement son milk-shake. C'est *ça*, la vente. Cette serveuse ne m'aurait pas donné l'heure et maintenant, elle est prête à sauter dans un cerceau en feu pour vous servir le dessert. Ça vous suggère quelque chose ?

Il lui adressa un petit sourire puis leva les yeux au plafond d'un air pénétré.

— Que les gens me préfèrent à vous ?

Elle fit une grimace.

— Ou alors que je suis plus mignon que vous ?

— C'est ça, continuez à vous enfoncer, dit-elle entre ses dents.

Elle ne réussissait pas à lui faire passer le message. Il freinait des quatre fers.

— Est-ce que vous êtes gentil avec vos clients ? Amical, sympathique ?

Il arrêta de ricaner et reprit son sérieux.

— Bien sûr. Mais c'est différent…

Elle saisit la balle au bond.

— Différent ? Pourquoi ?

— Je ne voulais pas qu'elle m'achète quelques tonnes de métal, dit-il en levant les yeux au ciel comme si la question était en soi ridicule. Je voulais juste qu'elle m'apporte du ketchup, rien de plus.

— Ce qu'elle serait sans doute navrée d'entendre, dit Jade tout à fait hors de propos. Mais ce qui est important, c'est que vous vouliez obtenir quelque chose d'elle.

— Alors, d'après vous, il faut que je dise « Pourriez-vous me passer une commande, s'il vous plaît ? » et ils m'obéiront dans l'instant ? Eh bien, dit-il en roulant des yeux, ça valait vraiment le coup de payer cent mille dollars pour entendre cela.

Jade s'arracha les cheveux en laissant échapper un couinement de frustration.

— Ce que je veux dire, c'est que si vous prenez cette voix pour exposer vos arguments de vente, vos interlocuteurs vous prêteront toute leur attention et vous serez capable de leur vendre n'importe quoi. Vous leur expliquez ce que vous pouvez faire pour eux, vous leur démontrez que vous êtes l'homme de la situation et vous ajoutez une bonne dose de… de…, hésita-t-elle en faisant un geste de la main, de cette foutue et sexy honnêteté qui fait votre charme et c'est dans la poche. Je ne vous demande pas de mentir. Ni même de faire pression sur eux. Je vous dis juste de présenter les choses un peu différemment et d'arrêter de vous comporter comme si j'étais votre ennemie ou quelqu'un d'inutile !

Elle se rendit compte qu'elle avait captivé l'attention du seul autre client que comptait le restaurant, ainsi que celle de la serveuse et du cuisinier. Elle se calma et grommela dans son milk-shake :

— C'est tout.

Il la dévisageait, de ses yeux bleu clair. Il avait vraiment l'air de réfléchir à sa petite tirade. Il avait une telle force d'attraction. Il se voyait peut-être comme quelqu'un de dur, mais elle savait que c'était faux.

Puis il ouvrit la bouche.

— De cette foutue et sexy honnêteté ?

Elle laissa échapper un petit grognement de frustration et ferma les yeux. Compta jusqu'à dix. Puis elle les rouvrit et les posa sur la serveuse qui couvait leur table d'un regard de panthère.

— L'addition, s'il vous plaît ?

Si Drew avait été seul dans la voiture, il aurait sans doute conduit fenêtre ouverte, laissant son bras bronzer sous le chaud soleil de cette fin d'après-midi dans le Nevada. Mais il avait Jade comme passagère. Une Jade étonnamment silencieuse depuis qu'ils avaient quitté le routier où ils avaient pris leur déjeuner. Il avait mis la climatisation en marche, mais il pouvait sentait les ondes de chaleur qui irradiaient du corps de la jeune femme. C'était de la colère, sans aucun doute. Mais pas seulement.

Bon sang, c'est la femme la plus brûlante que j'ai jamais rencontrée.

Il la regarda du coin de l'œil. S'il s'était agi de n'importe quelle autre femme, il aurait juré qu'elle aurait été en train de bouder, furieuse qu'il ne l'ait pas écoutée et cherchant un moyen pour le punir. Mais pas Jade, non. Ce n'était pas son style, à ce qu'il en savait. Elle était tournée vers la vitre et il ne voyait que sa pommette haute et la moue de sa bouche. Une moue sexy et naturelle, pas boudeuse.

Elle devait être en train de concocter la prochaine étape de son plan. Car il ne doutait pas qu'il y eut un plan. Et une prochaine étape. Elle n'était pas du genre à laisser tomber. Elle était en train de chercher une nouvelle façon de l'aborder.

Il sourit et reporta son attention sur la route qui s'étalait devant lui jusqu'à perte de vue. Il devait reconnaître que sa détermination, bien qu'agaçante, avait quelque chose d'excitant. C'était une femme forte. Il aimait les femmes fortes.

Au bout de quelques kilomètres, elle brisa le silence.

— A quelle heure arriverons-nous à l'hôtel ?

— Autour de 19 ou 20 heures, je pense, répondit-il en haussant les épaules.

Il sentit son regard se poser sur lui.

— Ah bon ? Je ne m'étais pas rendu compte que c'était si loin.

— Ce n'est pas si loin, mais nous allons nous arrêter chez Martinez Motors d'abord.

Il se tourna vers elle et la trouva en train de le contempler, bouche bée, un air de stupéfaction horrifié sur le visage.

— C'est une blague ?

— Pas du tout, dit-il en la regardant pâlir. Quoi ?

— Vous avez conduit six heures d'affilée et vous allez enchaîner avec un rendez-vous ?

— Je connais la famille d'Alejandro depuis des années, dit-il. J'ai bossé à l'aciérie, un été, quand j'étais étudiant et j'ai moi-même fait des livraisons chez Martinez. J'ai même fait un stage chez eux. Ils me connaissent, ajouta-t-il en souriant à l'évocation de l'entreprise qui avait su rester familiale malgré sa taille. Cela ne devrait pas poser de problème.

— Quelle est leur importance, exactement, en tant que clients ?

— Assez importants, esquiva-t-il.

Puis il ajouta, avec emphase :

— L'important, c'est leur loyauté. Vous pouvez me faire confiance. Ce sont des gens simples et qui ont les pieds sur terre. Ce sont des gens bien.

Ce qui expliquait sans doute pourquoi il commençait par eux.

— Vous auriez quand même pu m'en parler au déjeuner, remarqua-t-elle d'un ton acerbe.

Il tourna la tête vers elle et la regarda avec un grand sourire.

— Ah oui ? Juste avant ou juste après vos remarques sur mes capacités de vente à la Barry White ?

Elle ne prit pas la peine de lui répondre. Elle défit sa ceinture de sécurité et se pencha sur la banquette arrière où elle se mit à farfouiller.

— Eh, attention ! dit-il en lui donnant un petit coup de coude dans la hanche — qu'elle avait toute en courbe. Je conduis, vous avez remarqué ?

Elle tira vers elle un sac et se rassit sur son siège, avant de reboucler sa ceinture. Elle se mit à fouiller frénétiquement dans le sac.

— Martinez Motors, c'est ça ?

Il lui jeta un regard suspicieux.

— Que faites-vous ?

— J'essaie désespérément de réunir quelques renseignements sur les premiers clients que nous allons rencontrer. Rassurez-moi, au moins, vous n'avez pas prévu d'autre rendez-vous aujourd'hui ?

— Il est inutile que vous vous impliquiez là-dedans, dit-il en agrippant le volant un peu plus fort. D'ailleurs je ne vois pas ce qu'une conseillère en communication pourrait m'apprendre au sujet de mes clients.

Elle soupira.

— Je suis sûre que vous savez tout ce qu'il faut au sujet de vos clients, mais vous avez vous-même reconnu avoir des difficultés en matière de vente. Pour vous aider, je dois savoir quelle est votre stratégie et quels sont vos arguments de vente.

Il lui lança un regard perplexe.

— Je n'ai pas besoin d'une *stratégie* de vente avec Martinez Motors, répondit-il.

Elle le regarda, incrédule.

— Vous n'avez pas de stratégie ? Pas d'arguments de vente ?

— Je vous l'ai dit, nous travaillons ensemble depuis des années.

Il se tourna vers elle et la vit hausser un des ses élégants sourcils d'un air dubitatif avant de se replonger dans le dossier posé sur ses genoux.

Il se demanda si le moment n'était pas venu de poser quelques règles de conduite au sujet de leur collaboration. Il savait qu'elle voulait lui montrer comment devenir un meilleur vendeur et il avait pensé qu'elle s'assoirait dans un coin et l'observerait durant ses rendez-vous puis lui ferait part de ses critiques *après*. Mais il comprenait soudain qu'il s'était fourvoyé. Elle n'allait sans doute pas le critiquer ouvertement devant les clients, mais elle risquait d'intervenir, croyant sans doute déjà tout savoir sur l'acier et sa clientèle. Elle essaierait sans doute de lui montrer ce qu'il fallait faire.

Il aurait dû s'en douter. Jade n'était pas du genre à attendre tranquillement dans son coin. C'était une fonceuse, une bagarreuse, une rentre-dedans... Exactement l'inverse de ce qu'il fallait à Alejandro, cet homme si calme, si posé, si gentil, qu'il connaissait depuis des années. Alejandro réagirait sans doute mal à l'irruption d'une experte en relations publiques tout droit arrivée de Los Angeles, persuadée de savoir comment vendre ses produits à n'importe quel client.

Jade risquait de lui faire perdre ce marché.

Drew emprunta la bretelle de sortie qui menait à l'entrepôt de Martinez Motors. Il fallait qu'il trouve une solution, et vite.

Il se gara dans le parking et repéra la voiture d'Alejandro dans les places réservées à la direction.

— Je ne veux pas que vous ouvriez la bouche durant ce rendez-vous, dit-il rapidement avant de sortir de la voiture.

Elle n'eut pas l'air de l'entendre.

— Donnez-moi une minute, dit-elle avant d'ouvrir le coffre. Il faut que je fasse un brin de toilette. Je continue à dire que nous aurions mieux fait de nous arrêter à l'hôtel en premier. Je dois être dans un sale état.

Il commit l'erreur de la regarder. Son pantalon kaki un peu froissé et son débardeur noir étaient sans doute un peu trop décontractés pour un rendez-vous d'affaires. Mais ces habits la mettaient en valeur. Ils soulignaient sa beauté, même.

Il remarqua qu'elle l'inspectait à son tour. Ses lèvres pleines esquissèrent une moue de désapprobation.

— Vous avez l'air chiffonné, vous aussi, dit-elle.

Il se hérissa sans réfléchir.

— C'est ça, vos conseils pour la vente ? demanda-t-il en jetant un coup d'œil à son pantalon de toile et à son T-shirt. J'aurais dû mieux m'habiller pour rencontrer des gens que je connais depuis des années ? Je vous l'ai déjà dit, poursuivit-il en secouant la tête. Les Martinez sont des amis. Que je vienne en costume ou en bleu de travail, ils s'en fichent.

Elle n'avait pas l'air convaincue. Elle donna un rapide coup de brosse à ses cheveux magnifiques puis sortit un poudrier de son sac à main et appliqua quelques retouches d'une main experte sur son visage. Puis elle passa un bâton de rouge sur ses lèvres et, l'observant faire, il sentit sa bouche devenir sèche. Elle leva les yeux vers lui et le regarda sévèrement. Puis elle lui fit un petit clin d'œil. Enfin, elle échangea ses baskets contre des bottines et enfila une veste.

Il roula des yeux en tapotant sur sa montre.

— Dès que Madame sera prête…, grommela-t-il.

— Vous vous fichez peut-être de l'allure que vous avez, dit-elle en refermant le coffre et en lui souriant. Mais moi, je suis persuadée que la première impression est capitale.

— Ce n'est pas la première fois qu'ils me voient, vous avez oublié ?

— C'est la première fois qu'ils vous voient en tant que président des aciéries Robson.

Il leva les bras en l'air d'un air exaspéré en la regardant s'avancer vers l'usine. Il devait reconnaître qu'elle avait une sacrée allure.

Mais quand n'avait-elle pas une sacrée allure ?

Ils pénétrèrent dans le hall d'entrée. Drew sourit à la réceptionniste.

— Bonjour, Rosa.

Une jeune fille d'une vingtaine d'années poussa un cri et se précipita de l'autre côté du comptoir de la réception pour serrer Drew dans ses bras.

— Drew ! Tu ne nous avais pas dit quand tu arriverais !

Il surprit le regard interloqué de Jade par-dessus l'épaule de Rosa.

— Vous n'avez pas pris rendez-vous ?

71

Son ton ne laissait transparaître que de la curiosité, mais il pouvait dire, à voir ses yeux verts s'écarquiller, qu'elle était choquée — et qu'elle désapprouvait ses méthodes.

— J'ai téléphoné à Alejandro pour lui dire que je passerais cette semaine, dit-il. Je connais son emploi du temps. Voici la nièce d'Alejandro.

— Ah, dit Jade en souriant à Rosa.

Rosa défit son étreinte et regarda Jade.

— C'est ta petite amie ? demanda-t-elle.

— Non, non, répondit Drew en réfléchissant à toute allure.

Jade tendit la main à Rosa.

— Je m'appelle Jade Morrow, dit-elle. Je suis…

— C'est…, l'interrompit Drew, euh, une étudiante.

Rosa et Jade se tournèrent vers lui d'un seul mouvement. Rosa avait un sourire en coin et Jade l'air stupéfait.

— Oui, elle envisage de travailler dans le secteur de l'acier, et elle fait un stage chez nous.

— Vous êtes stagiaire ? demanda Rosa en regardant Jade.

— Apparemment, répondit Jade.

— Ecole de commerce ou d'ingénieur ?

Jade attendit une seconde avant de répondre et Drew crut qu'elle allait tout faire capoter.

— Commerce, répondit-elle finalement. Je dois passer mon MBA. M. Robson a eu la gentillesse de me proposer de l'accompagner lors de ses rendez-vous commerciaux.

— Rendez-vous commerciaux ! s'exclama Rosa en riant. Vous m'en direz tant. Je croyais que c'était une simple visite.

— Est-ce qu'Alejandro est libre ? demanda Drew pour couper court.

— Bien sûr. Il est dans l'atelier. Je vais le chercher.

Et Rosa laissa Drew en tête à tête avec Jade.

Jade fit un pas vers lui et il sentit son parfum vanillé lui caresser les narines.

— Une étudiante en commerce ? chuchota-t-elle sur un ton à mi-chemin entre la colère et l'incrédulité.

— Alejandro est un ami. Si je lui dis que j'ai engagé une conseillère en communication et en relations publiques, il pensera que je suis devenu fou, répondit-il à voix basse. Croyez-moi, cela serait contre-productif. En fait, je préférerais même que vous n'assistiez pas du tout à ce rendez-vous.

Un éclair de colère embrasa les yeux de Jade.

— Vous auriez au moins pu m'en parler dans la voiture, dit-elle.

Elle lui parlait de sa belle voix d'alto, parfaitement calme et maîtrisée, cette même voix qui l'avait séduit depuis qu'il l'avait entendue dans son bureau.

— Ecoutez, Jade, vous travaillez pour moi...

— Je suis censée travailler *avec* vous, rétorqua-t-elle. Et je...

— Drew ! l'interrompit une voix. Ça fait un bail !

Drew se retourna avec un air de soulagement vers l'homme d'origine hispanique qui s'avançait vers eux. Alejandro Martinez avait gardé une belle prestance et l'énergie d'un jeune homme.

— Alejandro ! Quel plaisir de te revoir.

Les deux hommes échangèrent une poignée de main à mi-chemin de l'embrassade, le genre d'effusions masculines que les hommes affectionnent.

— On se demandait comment tu allais, dit Alejandro. Ça ne doit pas être de tout repos, à l'usine. Comment se passe la reprise en main ?

— C'est difficile, mais on va s'en sortir. Ça va juste nous demander beaucoup de travail.

— Excusez-moi, dit Alejandro en remarquant soudain Jade. Qui est-ce, Drew ? Je ne voulais pas être impoli.

Jade sourit et la pièce s'illumina comme au lever du soleil.

— Je m'appelle Jade Morrow. Je suis étudiante… en commerce. M. Robson m'a permis d'assister à ses rendez-vous commerciaux.

Alejandro la dévisagea intensément puis tourna le regard vers Drew.

— Quel altruisme !

Drew se sentit rougir comme un petit garçon attrapé la main dans le sac.

— Oui, eh bien, Jade est vraiment très brillante. Elle veut vraiment tout apprendre sur l'industrie.

Il eut soudain un éclair de génie.

— Je me demandais… Penses-tu que quelqu'un pourrait lui faire visiter l'usine ?

Les lèvres pleines de Jade s'étirèrent en un fin sourire.

— Ce serait fascinant, riposta-t-elle, mais je pense que ce serait plus instructif, pour moi, d'assister à la réunion de vente…

— On ne peut pas vraiment qualifier ça de réunion de vente. Plutôt de retrouvailles entre amis, l'interrompit Alejandro et Drew se sentit aussitôt soulagé. Rosa ? Tu veux bien faire visiter l'usine à Mlle Morrow ?

Rosa sourit.

— Bien sûr, *Tio*. Suivez-moi, mademoiselle Morrow. J'espère que je pourrai répondre à toutes vos questions.

Coincée, Jade lança un dernier regard caustique à Drew.

— Merci, Rosa. Vous êtes très gentille, dit-elle avant de se retourner vers Alejandro. Enchantée d'avoir fait votre connaissance, monsieur.

— Moi de même, répondit-il.

Drew observa Rosa escorter Jade hors de la pièce.

— Waouh ! C'est un sacré bout de femme que tu as recruté, Drew.

Drew secoua la tête.

— Tu n'as pas idée.

Drew suivit Alejandro dans son bureau. C'était une petite pièce dans un désordre indescriptible.

— Rien n'a changé depuis mon dernier passage, ici.

— C'est comme ça que nous travaillons, dit Alejandro en haussant les épaules.

— Nous travaillons ensemble depuis de longues années, dit Drew en s'asseyant. Martinez Motors ne nous a jamais fait défaut, et j'espère que vous pouvez en dire autant des aciéries Robson.

Alejandro prit place à son bureau avec un grand soupir.

— Je crois savoir où tu veux en venir, Drew.

— Que dirais-tu de nous débarrasser tout de suite de la commande et de nous retrouver ensuite pour le dîner, avec toute la famille, pour rattraper le temps perdu ?

— Drew, je ne peux pas…

— Eh bien, reprit Drew, nous ne sommes pas obligés de dîner ensemble…

— Non. Je ne peux pas passer commande chez Robson cette année.

Drew s'interrompit.

— Pardon ?

Alejandro se mit à jouer machinalement avec une pièce en fonte qui servait de presse-papiers sur son bureau.

— Drew, nous sommes des amis de longue date. J'étais aussi un ami de ton père.

— Tu ne vas pas passer commande auprès d'une autre boîte à cause de Papa, si ? demanda Drew d'une voix plus dure qu'il ne l'avait voulue.

— Ce n'est pas cela, répondit Alejandro. Enfin, pas pour moi. Mais Robson a des ennuis. Tout le monde sait cela. Et même si je voulais t'aider, il y a de grandes chances pour que vous couliez. Si je passe commande et que vous… eh bien, tu sais… Je me retrouverai coincé sans matériau en attendant qu'un autre fournisseur accepte de me livrer. Et, bien sûr, ils privilégieront d'abord leurs clients réguliers. Je ne peux pas me permettre de me retrouver dans cette situation.

Drew blêmit.

— Je fais tout ce qui est en mon pouvoir pour que tout s'arrange, Alejandro. Nous ne coulerons pas. Pas tant que c'est moi qui déciderai.

— C'est justement le problème, répliqua le plus gentiment possible Alejandro. Ce n'est pas toi qui décideras au final.

Drew prit une longue inspiration.

— Nous avons *besoin* de ta commande.

— Tu n'imagines pas à quel point je suis navré de ne pas pouvoir te promettre que nous passerons commande. Si tu réussis à redresser la barre, continua-t-il, je serai plus qu'heureux de refaire affaires avec les aciéries Robson. Mais pas pour l'instant.

Ses derniers mots firent l'effet d'un coup de massue à Drew. Il ferma les yeux un court instant, puis hocha la tête.

— Je comprends.

Jade frappa à la porte de la chambre de Drew, un pack de bière dans une main et un carton à pizza dans l'autre. Comme il ne répondait pas, elle asséna quelques coups de pied sur la porte.

— C'est bon, j'arrive, dit une voix étouffée de l'intérieur de la pièce. Une minute !

Elle allait garder son calme. Elle allait souligner les problèmes qu'ils rencontraient dans leur façon de travailler ensemble et proposer des solutions. Ils partageraient la pizza, boiraient quelques bières et régleraient tout pour repartir du bon pied le lendemain matin.

Il ouvrit la porte. Il était vêtu d'un jean, sans T-shirt, et il frottait ses cheveux humides à l'aide d'une serviette.

— Bon sang, qu'y a-t-il ?

Il y avait de la peau bronzée à perte de vue. Des petites gouttes d'eau dégoulinant sur des muscles bandés. On pouvait repasser des chemises, sur de pareils abdos.

L'espace d'une minute, l'esprit de Jade tourna à vide.

— Ouh, ouh ! dit Drew en agitant une main devant ses yeux. Vous désiriez quelque chose ?

Jade s'efforça d'ignorer l'onde de chaleur qui se répandait dans son ventre. Les choses auraient été beaucoup plus simples si son client n'avait pas été si beau.

Elle s'éclaircit la gorge.

— C'est pour une livraison. Pizza et bière. J'espère que vous aimez la Corona.

Il renifla l'arôme de la pizza et lui offrit un demi-sourire avant de recouvrir son visage de sa serviette pour se frotter énergiquement les cheveux.

— C'est gentil de votre part.

— Je n'essaie pas d'être gentille, répondit-elle. En échange, vous devez m'accorder votre attention. Pour être plus précis, nous devons travailler sur notre façon de communiquer.

Il s'interrompit et elle entendit le son atténué d'un soupir à travers le linge de toilette.

— Ça m'aurait étonné que vous soyez complètement désintéressée, grommela-t-il.

Elle posa la pizza sur la commode, se servit une part et prit une bouteille de bière puis alla s'asseoir sur la seule chaise que contenait la pièce.

Ses cheveux humides étaient ébouriffés. Il accrocha la serviette sur la barre de la salle de bains et elle observa ses muscles qui ondulaient dans son dos. Elle vit dans le miroir qu'il avait laissé ouvert le bouton de son jean, bien qu'il ait remonté la fermeture Eclair de sa braguette. Il avait, selon toute apparence, enfilé son pantalon à la hâte lorsqu'elle avait frappé à la porte.

A-t-il eu le temps d'enfiler un caleçon ?

Il se retourna vers elle et elle s'obligea à le regarder dans les yeux. Elle ne supportait pas quand les gens semblaient s'adresser à son décolleté plutôt qu'à elle. Les hommes eux aussi devaient ressentir la même chose.

Mais Drew semblait avoir intercepté son coup d'œil admiratif. Il lui adressa un sourire rapide et sexy et son regard se fit plus intense.

— Ce que vous voyez est à votre goût ? demanda-t-il en prenant une bouteille de bière.

Quand il s'y mettait, il pouvait être ensorcelant. N'importe quelle autre femme se serait sans doute allongée sur son lit, ouvrant les bras, en réponse à l'invitation de son regard.

Elle fronça les sourcils. Pas elle. Il allait s'en rendre compte.

Elle décapsula sa bouteille et haussa les épaules.

— Ce que je vois, c'est un homme qui m'a embobiné pour que je n'assiste pas à sa réunion avec un client aujourd'hui… Et si vous voulez le fond de ma pensée, non, ce n'est pas à mon goût, dit-elle en s'interrompant pour boire une gorgée de bière. Comment cela s'est-il passé, d'ailleurs ?

— Je ne veux pas en parler, rugit-il en attrapant un T-shirt qu'il enfila sans cérémonie. Je ne veux même pas y penser.

— Ils n'ont pas commandé, n'est-ce pas ?

Il la fusilla du regard et saisit une part de pizza.

— Non. Vous êtes contente ?

— Je ne vois pas pourquoi je serai contente. Si vous perdez tous vos marchés, je ne serai pas payée. Au final, tout le monde est perdant, ajouta-t-elle en croquant dans une part de pizza.

Il l'imita et la regarda en fronçant les sourcils. Elle se laissa aller contre le dossier de sa chaise.

— Nous devons trouver un terrain d'entente, Drew. Je sais que vous croyez que je ne peux pas vous aider. Et je dois reconnaître que je n'y arriverai pas tant que vous ne me laisserez pas faire.

Il s'assit au bord du lit. Puis il posa sa bière sur la table de nuit et s'étira de tout son long.

Elle s'obligea à détourner les yeux.

— Ça ne va pas marcher, dit-il. Je m'en doutais depuis le début, mais maintenant, j'en suis certain.

— Vous n'avez aucune raison de dire ça.

— Vous n'auriez rien pu faire aujourd'hui, dit-il d'une voix dure, ses yeux lançant des éclairs. Et franchement, si c'est comme ça, je ne crois pas que je puisse y faire grand-chose moi non plus. Vous comprenez ?

Elle se leva et vint se planter devant lui.

— Ce que je comprends, c'est que vous êtes en train de vous dégonfler, dit-elle d'un ton calme. Après tout ce que vous m'avez raconté au sujet de votre usine et de votre ville, je pensais vraiment que vous y mettriez un peu plus de cœur.

Si elle voulait le faire réagir, c'était gagné.

Il bondit sur ses pieds.

— Je ne vous permets pas de dire que je me fiche de mon usine ou de mes employés.

Son ton était coupant comme le verre.

— Alors montrez-moi que vous ne vous fichez pas d'eux, répondit-elle sans reculer d'un pouce. Si vous pensez que c'est perdu de toute façon, que rien ne peut vous sauver, alors laissez-moi essayer. Que voulez-vous que je fasse de pire ?

Il se tenait à quelques centimètres à peine d'elle et elle voyait sa poitrine se soulever au rythme de sa respiration. Il serra les poings.

— Mon père a signé un contrat avec votre agence pour se donner l'air important, dit-il. Il est comme ça. Je me suis dit, pourquoi pas, après tout, et que vous pourriez peut-être me suggérer quelque chose. Mais c'était un leurre. J'avais perdu la tête.

— Vous savez que je peux vous aider, répliqua-t-elle. Mais vous avez peur de me laisser essayer à ma façon.

— Pourquoi ? Si j'avais vraiment pensé que vous pourriez sauver cette commande, je vous aurais laissé mener l'entretien sans hésiter.

Elle aurait eu envie de le secouer. Il était obstiné, têtu…

— Très bien. Alors, laissez-moi mener le prochain.

Il cligna des yeux.

— Quoi ?

— Vous pensez que je ne peux que me planter. Vous pensez que tout est perdu. Laissez-moi m'occuper de votre prochain client.

Il éclata d'un rire sans joie.

— Vous ne connaissez rien à l'acier.

— C'est là où vous intervenez.

Il leva les mains en l'air.

— Et c'est bien pour cela que je sais que vous ne pouvez pas m'aider. Vous pensez que vous pouvez juste vous présenter dans votre joli tailleur et leur sortir des arguments de vente tout faits et qu'ils vont tomber à la renverse et me donner leur argent ? Vous êtes en plein délire !

— Laissez-moi essayer, bon sang !

Elle se tenait bien droite, tout contre lui. S'ils s'étaient trouvés dans un western, quelqu'un serait allé appeler le shérif à la rescousse.

— Très bien. Vous voulez vous y coller ? Après-demain, je suis censé rendre visite à Norinal Machines. Je vous les laisse.

Elle plissa des yeux. Il cédait. Il devait y avoir un piège. Elle l'aurait juré.

— Vraiment ?

— Vraiment. Et je ne vous aiderai pas.

— Vous me confiez le dossier clientèle ?

Il s'avança vers la sacoche de son ordinateur.

— Il est à vous.

— Très bien.

— Si vous ne remportez pas le marché, dit-il en croisant les bras, vous dégagez. Vous vous débrouillez pour trouver une voiture, une carte, et vous ne vous arrêtez pas avant d'être arrivée à Los Angeles.

Elle lui adressa un sourire enthousiaste.

— Et si je l'emporte, vous m'écoutez. On travaille ensemble, pour de bon.

Il haussa les épaules.

— Marché conclu, dit-il en lui tendant la main.

Elle la prit dans la sienne. Sa poignée de main était ferme, sa peau rugueuse contre la sienne. Elle ne pouvait pas détacher son regard du sien. Il avait un air si farouche, si déterminé.

— Bonne chance, ajouta-t-il.

— Je n'ai pas besoin de chance, murmura-t-elle.

Il n'avait toujours pas lâché sa main.

Il se pencha vers elle et, l'espace d'un court instant, elle retint son souffle. Elle était encore furieuse contre lui. Un flot de colère coulait dans ses veines et faisait battre son cœur.

Mais, juste en dessous, il y avait aussi cette attirance, cette affinité qu'elle ressentait chaque fois qu'elle était près de lui. Elle dut se retenir pour ne pas se pencher vers lui, pour ne pas prendre de force cette bouche sévère. Elle n'avait pas l'habitude de ce genre de chose — en fait, c'était la première fois qu'elle ressentait cela.

— Vous aurez besoin de chance cette fois-ci, murmura-t-il si près qu'elle sentit son souffle lui caresser l'oreille.

Elle se mit sur la pointe des pieds et sa poitrine frôla involontairement le torse de Drew.

— Donnez-moi juste le fichier clientèle, chuchota-t-elle à son tour. On verra bien ce qui se passera.

Elle reposa les talons par terre et le regarda dans les yeux. Il avait l'air en état de choc. Etourdi. A quelques centimètres à peine d'elle.

Puis il recula et alla prendre le dossier dans son sac. Il le lui tendit. Elle l'accepta en silence et sortit.

4.

Mais qu'est-ce qui t'a pris, bon sang ?

Il s'était dit qu'il n'avait pas besoin d'aide… jusqu'à ce que Jade, avec sa fougue et son enthousiasme, le convainque du contraire. Elle lui avait demandé de l'écouter et de lui accorder sa confiance et son respect. Et il l'avait fait. Elle était la femme la plus sexy qu'il ait jamais rencontrée, mais elle avait surtout une personnalité surprenante. Elle avait mérité sa chance…

Malheureusement pour elle, les dés étaient pipés. Lui seul savait qu'elle ne pourrait jamais remporter ce marché.

Elle lui sourit d'un air confiant. Elle était assise sur un canapé dernier cri dans le hall repeint à neuf de Norinal Machines. Elle avait l'air calme, sûre d'elle, à la fois professionnelle et féminine dans son tailleur prune et son chemisier en popeline blanche.

— Vous me laissez faire à ma façon, d'accord ?

Il hocha la tête.

— Je ne me permettrais pas d'intervenir. Nous avons passé un marché.

Un marché de dupes, oui. Après le fiasco que ce rendez-vous ne manquerait pas d'être, il serait enfin débarrassé d'elle. Il pourrait enfin se concentrer sur le sauvetage de son aciérie, plutôt que sur la femme sublime, fascinante et téméraire qui

83

occupait ses pensées jour et nuit avec une intensité qui frisait l'obsession.

Norinal Machines se fournissait chez Robson uniquement parce que son père et les différents commerciaux qui l'avaient suivi avaient fait des concessions exorbitantes pour le conserver comme client. Aujourd'hui, Drew allait y mettre un terme. Bien sûr, une commande aurait permis d'alimenter les caisses de l'entreprise, mais il ne pouvait plus se permettre tous les à-côtés gratuits concédés par l'ancienne direction.

Jade souriait en contemplant le dossier clientèle posé sur ses genoux. Il avait presque l'air plus épais que lorsqu'il le lui avait confié la veille. Peut-être qu'il aurait dû y regarder de plus près…

Il détourna les yeux. Non. C'était une cause perdue. Elle ne pouvait pas réussir ce coup-là, à moins d'un miracle.

— Monsieur Robson ? Drew ?

Jade et lui se levèrent d'un bel ensemble. Le directeur des achats de Norinal Machines, un homme d'une quarantaine d'années vêtu d'un pantalon kaki et d'une veste en jean s'approchait d'eux. Drew lui tendit la main.

— Bonjour, Skip.

— Ravi de vous voir, dit Skip, enthousiaste, en serrant la main de Drew. La tournée annuelle Robson… Comme votre père. Comment va-t-il, d'ailleurs ?

Drew fit une petite grimace. Avant qu'il ait pu répondre, Jade s'éclaircit discrètement la gorge, et il saisit la balle au bond.

— Oh, Skip, permettez-moi de vous présenter une consultante qui travaille avec nous. Voici Jade Morrow. Jade, je vous présente Skip Morganstern.

Il vit Skip déshabiller rapidement Jade du regard, s'attardant juste un peu trop longtemps sur les longues jambes et la poitrine généreuse de la jeune femme.

Il s'imagina un court instant décrocher une droite bien sentie sur le menton de Skip.

— Mademoiselle Morrow, dit Skip avec un large sourire. Quelle bonne surprise !

— J'espère que cela ne vous dérange pas, si j'assiste à votre rendez-vous d'achats, dit Jade d'une voix douce.

Drew la dévisagea, éberlué. Ce n'était pas son genre, de demander la permission. D'ordinaire, elle avait la timidité d'un boulet de canon.

— Mais pas du tout, répondit Skip, magnanime. Venez dans mon bureau.

Jade se mit à poser des questions, tout en marchant à côté de Skip, et Drew les suivit. Skip bombait tellement du torse qu'il manquait de faire sauter les boutons de sa chemise, tout en chantant les louanges de son entreprise.

— Nous venons tout juste d'obtenir un gros marché public, dit Skip. Nous sommes une grosse pointure dans le secteur.

Drew leva discrètement les yeux au ciel. Norinal était certes une entreprise importante — pour Robson, ils étaient de gros clients — mais dans le secteur, ils faisaient figure de nains. Ce type essayait de faire son intéressant auprès de Jade. Et à en croire ses réponses, elle semblait impressionnée.

Qu'est-ce qui lui prenait ? Elle n'était pas idiote, pourtant. Ne voyait-elle pas que ce type bluffait ?

Ils arrivèrent dans le bureau de Skip et prirent place dans des fauteuils confortables. Skip et Jade continuèrent de bavarder encore quelques minutes. Lorsqu'ils firent une pause, Drew intervint.

— Je suis ravi que nous ayons réussi à convenir de ce rendez-vous, dit-il en s'armant de tout son courage.

A partir de là, les choses ne pouvaient qu'empirer...

— Les commandes de Norinal n'ont jamais été énormes et je sais que vous étiez habitué à travailler avec mon père, mais...

— Drew, avant de parler de la commande de l'année prochaine, l'interrompit Skip d'un air affairé, je ne sais pas, au sujet de la commande de cette année. Je veux dire, en fait, les choses ont beaucoup changé depuis l'année dernière.

— Quel est le problème, exactement ? demanda-t-il.

— Vous avez sans doute remarqué la nouvelle décoration. Tout ici a été refait à neuf, dit Skip en souriant. Nous sommes en train de prendre de l'importance. Nous devons être encore plus prudents avec nos fournisseurs.

— Ah, vraiment ? demanda Drew sur un ton où sourdait la colère.

Mais le type continua comme si de rien n'était, et se laissa aller en se rengorgeant contre le dossier de son fauteuil en cuir.

— Il semble que votre usine traverse une mauvaise passe. *Financièrement*. Ce n'est pas un bon signe, Drew. Essayez de voir les choses de notre point de vue. Si vous avez des difficultés et que vous prenez du retard, c'est nous qui nous retrouvons coincés. Avec ce gros marché public que nous venons de décrocher, nous ne pouvons pas nous permettre de faux pas. Il nous faut un fournisseur sur lequel nous puissions compter.

— Bien entendu, dit Jade d'un ton compréhensif.

Drew la dévisagea, ahuri. C'était *comme ça* qu'elle s'y prenait ? C'est de cette manière qu'elle comptait l'aider ?

— Je vois que vous comprenez notre position, dit Skip avec un brin de condescendance. La bataille est rude, dans ce secteur. Il n'y a rien de personnel, mais...

Drew sentit sa température monter.

— Nous n'avons jamais eu le moindre retard, dit-il d'un ton sec. Nous nous sommes toujours montrés plus que conciliants…

— Ecoutez ! Ecoutez ! Je le répète, ce n'est pas contre vous, répéta Skip en jetant un regard nerveux à Drew avant de regarder Jade. Nous devons juste réévaluer nos options. Nous allons nous renseigner auprès d'autres fournisseurs.

— C'est tout à fait normal, dit Jade.

Drew crut qu'il allait les étrangler tous les deux.

Skip, sentant qu'il avait gagné Jade à sa cause, se tourna vers Drew et lui sourit d'un air rusé.

— Mais bien sûr nous sommes tout à fait conscients de la qualité de vos produits et nous aimerions continuer à travailler avec vous. Peut-être que si vous nous concédiez un certain nombre d'avantages… Je suis certain que nous pouvons trouver un terrain d'entente.

Drew était sur le point de lui dire ce qu'il pouvait faire de ses avantages, mais Jade se pencha en avant.

— Puis-je vous poser quelques questions ?

— Bien entendu, répondit Skip bien qu'il parût plus captivé par le bouton de son décolleté que par ce qu'elle lui disait.

Ordure. Espèce d'ordure.

Drew se sentit soudain honteux de la façon dont il avait lui-même regardé Jade. Mais c'était différent. Il savait qu'elle valait bien mieux encore à l'intérieur, elle le lui avait assez fait comprendre. Mais quelqu'un comme Skip ne chercherait jamais à en savoir plus que la taille de son soutien-gorge.

Il serra les dents et se força à se calmer avant d'ouvrir la bouche.

— Ecoutez, je pense que…

D'un simple regard, Jade lui intima de se taire.

Du respect. C'était tout ce qu'elle lui demandait. Qu'il la respecte. Qu'il lui laisse sa chance. Drew se mordit la langue et se rassit au fond de son fauteuil pour l'observer.

Mais s'il recommence à la reluquer, je lui fiche mon poing dans la figure.

— Je débute dans ce secteur de l'industrie et je voulais vous poser quelques questions. Vous fabriquez des morceaux d'avions et de tanks, n'est-ce pas ?

— Certaines pièces détachées, en effet, pour toute une série d'appareils différents, répondit Skip avec un soupçon de condescendance dans la voix. Je vais demander que l'on vous donne une brochure de nos produits.

— Ce serait fantastique, répondit Jade avec un sourire lumineux.

Mais Drew surprit un éclair briller dans ses yeux verts.

— Ou peut-être même que nous pourrions en parler plus longuement plus tard, reprit Skip sur un ton lourd de sous-entendus. Que diriez-vous...

— Excusez-moi, l'interrompit-elle, mais vous disiez que vous veniez tout juste de remporter un gros marché public ?

Skip sourit de nouveau de son plus beau sourire de vendeur.

— Tout à fait, fanfaronna-t-il. Le plus gros contrat que nous ayons jamais signé. C'était vraiment une année record pour Norinal.

Jade lui sourit en retour.

C'était déjà dur de perdre une vente, étaient-ils vraiment obligés de boire la coupe jusqu'à la lie ? songea Drew.

— Serait-ce le marché dont ils ont parlé récemment dans la *Gazette internationale de l'acier* ?

Drew et Skip la dévisagèrent d'un même regard stupéfait. Le sourire dragueur de Skip perdit de son éclat.

— Euh, oui, je crois.

— Je le répète, je suis nouvelle dans le secteur, continua Jade avec une expression de pure innocence sur le visage, mais cet article ne soulignait-il pas que c'est le seul gros marché que Norinal ait jamais remporté ?

Drew ne put s'empêcher de sourire d'un air triomphant en direction de Skip. Le directeur de Norinal essaya tant bien que mal de regagner sa contenance.

— Eh bien, vous devez vous rendre compte que nous prenons de l'ampleur et…

— Loin de moi l'idée de dénigrer votre entreprise, l'interrompit Jade d'une voix rassurante. L'article était, dans l'ensemble, plutôt élogieux. Mais il signalait néanmoins que Norinal se trouvait à une étape charnière de son développement. On y disait aussi que vous aviez mis tous vos efforts dans l'obtention de ce contrat et que vous vous trouviez maintenant dans une situation délicate, financièrement parlant.

Skip la dévisagea, stupéfait.

Apparemment, ton bureau tout neuf ne suffit pas pour impressionner la dame, Skip.

— Nous savons tous que la presse professionnelle est parfois dure avec les entreprises, surtout avec les petites en phase de développement, commenta Jade d'un ton compatissant.

— Je suis ravi de voir que vous comprenez, mademoiselle Morrow, répondit Skip d'une voix reconnaissante.

— C'est normal. Avec nous non plus, la presse professionnelle n'a pas été tendre, dit-elle fort à propos. Mais vous, mieux que quiconque, savez que nous avons toujours tenu nos engagements et honoré les commandes, même celles faites dans l'urgence. Et tout ça, sans jamais négliger la qualité.

— C'est tout à fait vrai, reconnut Skip.

— Et si vous passiez commande auprès d'un plus gros fournisseur, vous risqueriez de ne pas être traité comme vous le méritez. Vos livraisons risqueraient de ne pas être prioritaires, par rapport à celles… de plus gros poissons, si j'ose dire.

Skip écarquilla les yeux en réalisant qu'elle avait sans doute raison.

— Je… heu, vos arguments sont loin d'être idiots.

— Tout ce que je veux dire, c'est que les entreprises de taille moyenne comme les nôtres doivent se serrer les coudes, dit-elle en lui offrant un sourire amical. Ainsi, elles peuvent se développer de concert. Les aciéries Robson et Norinal Machines ont tout intérêt à continuer de travailler ensemble.

Skip la dévisagea un moment en silence avant de se redresser.

— Bien entendu, les aciéries Robson ont toujours entretenu d'excellentes relations de travail avec nous. Il y a une tradition de…

— Nous ne pouvons plus nous permettre de vous offrir les rabais et les divers avantages auxquels vous étiez habitués, intervint Drew sur un ton définitif.

Jade lui jeta un rapide coup d'œil de reproche. Drew l'ignora. Ils perdaient leur temps. Skip allait insister pour obtenir un bakchich et il n'entendait pas céder.

Une lueur rebelle brilla dans les yeux de Skip.

— Eh bien, je pense néanmoins…, commença-t-il, les lèvres pincées.

— Les avantages d'une collaboration efficace valent bien plus que quelques cadeaux, n'est-ce pas ? l'interrompit Jade avec un sourire candide. Vous avez passé chez nous des commandes relativement peu importantes, par le passé. Maintenant que vous avez signé un gros contrat, vous allez vouloir ce qui se fait de mieux sur le marché, dans les meilleurs délais possibles. Pourquoi insister pour obtenir quelques concessions mineures alors que Norinal Machines joue maintenant dans la cour des grands ?

90

Skip eut l'air de réfléchir. Puis, à l'étonnement de Drew, il hocha la tête.

— Je pense, dit Skip les yeux rivés sur Jade et ignorant complètement Drew, que nous pouvons parvenir à un accord.

— We are the champions !

Jade chantait à tue-tête sous la douche. Elle avait bien cru mourir de chaud dans son tailleur de femme d'affaires, malgré l'air conditionné qui régnait dans les bureaux de Norinal Machines. Elle avait gagné ! Elle avait remporté sa première vente pour les aciéries Robson. La première vente de la tournée ! Heureusement que ce magazine sur l'acier avait un site Internet. Elle avait pu réunir un grand nombre d'informations en très peu de temps sur le constructeur. Au final, ils étaient repartis avec un contrat ferme de deux ans, sans le moindre rabais, le plus gros contrat que Robson ait jamais signé avec Norinal ! Tous leurs rendez-vous ne se dérouleraient sans doute pas aussi facilement, mais tant pis. L'important, c'était qu'elle lui ait prouvé l'efficacité de sa méthode.

La signature du contrat avait mis Drew K.O. Il n'avait pas prononcé un mot depuis qu'ils avaient quitté Norinal. Après être arrivés à l'hôtel, ils avaient convenu de se retrouver pour le dîner.

Jade avait hâte de se remettre au travail. Leur prochain client était un petit constructeur. Exactement ce qu'il fallait à Drew pour commencer. Dès qu'il aurait maîtrisé quelques techniques de vente de base, elle était certaine qu'il ferait un excellent commercial.

Elle s'habilla en sifflotant, esquissant quelques petits mouvements de danse, toute à sa joie. Tout était en train de s'arranger. Robson allait remporter des marchés et, avec Drew à sa tête, l'entreprise ferait des miracles. Quant à elle, elle allait enfin obtenir sa promotion. C'était Noël !

Elle se dirigea vers la porte de Drew, vêtue d'une robe d'été et de sandales, ses cheveux humides retenus lâchement par un élastique. Elle frappa à la porte.

— Drew ? Vous êtes prêt ?

Il prit tout son temps pour lui ouvrir et elle fut surprise de découvrir qu'il ne s'était pas changé.

Elle entra dans sa chambre et ferma la porte derrière elle. Puis elle le dévisagea. Il avait l'air malade.

— Quelque chose ne va pas ?

— Je n'ai pas envie de dîner. Et encore moins de parler, répliqua-t-il d'un ton sec.

Ses yeux bleus étaient brillants.

— Mieux vaut que nous nous retrouvions demain matin.

Jade fronça les sourcils. Les mauvaises ondes qui émanaient de Drew étaient presque palpables. Elle avait peut-être tout intérêt à le laisser mariner jusqu'au lendemain. Mais, bon sang, elle s'était débrouillée à merveille aujourd'hui. Et puis, battre en retraite, ce n'était pas son genre.

— Vous n'avez pas l'air particulièrement heureux, pour un type qui vient de remporter un marché sur deux ans.

— Je n'ai pas vraiment remporté de marché, répliqua-t-il. C'est vous qui l'avez remporté.

Dans la faible lueur de la chambre d'hôtel, les traits du visage de Drew lui parurent encore plus durs. Elle attendit qu'il poursuive, mais il s'arrêta là et la dévisagea.

Jade s'assit sur le bord du lit et laissa échapper un soupir d'irritation.

— D'accord. Crachez le morceau. C'est quoi, le problème ? J'ai rempli ma part du contrat. Je vous ai montré que mes techniques de vente étaient efficaces. Vous aviez promis de me donner ma chance. Est-ce que vous revenez sur votre parole ?

— Votre technique ? demanda-t-il en roulant des yeux. Je suppose que c'est votre façon de demander le ketchup et la moutarde ? Prenez l'air *sexy et honnête* et le type vous mangera dans la main ?

Elle cligna des yeux.

— Oh non. Ne recommencez pas ça.

— Vous auriez été jusqu'à lui servir un petit café. Vous étiez pendue à ses lèvres, commença Drew et Jade sentit son cœur se glacer. Vous le couviez des yeux comme si ce pauvre type était une star du foot et vous une pom-pom girl. Oh, ça oui, vous avez remporté le marché. Le problème, c'est que je ne vois pas vraiment ce que vous voulez m'enseigner, comme « technique », vu que, personnellement, je ne fais pas un bonnet D.

Elle se leva d'un bond.

— Vous pensez que j'ai remporté le marché grâce à mon physique ? Grâce à mon corps ?

Il la détailla de pied en cap.

— Je dis juste que vous étiez prête à tout pour me prouver que j'avais tort et que vous avez tout fait pour le faire signer.

— J'ai fait ce que j'ai toujours fait pour remporter la mise, dit-elle en serrant les poings.

— Oh, je n'en doute pas, répliqua-t-il sur un ton qui n'avait rien d'admiratif.

Le mufle. Elle l'aurait giflé, rien que pour effacer cet air arrogant et moqueur.

— Arrêtez-moi si je me trompe, dit-elle d'une voix basse, coupante comme de la glace. Je vous ai décroché une vente, aujourd'hui. Non parce que j'ai fait des recherches, exposé clairement mes arguments ou utilisé des techniques de vente efficaces. Non. Il a signé un contrat qui le lie à votre entreprise pour deux ans, juste parce qu'il a aimé ce qu'il voyait dans mon décolleté.

Il ne prononça pas un mot, mais elle vit les muscles de sa mâchoire se contracter. Il la dévisagea en silence.

— Vous êtes peut-être bonne à ce que vous faites, mais si vous étiez laide, ou un homme, eh bien, je ne sais pas…, finit-il par dire.

— Très bien. Eh bien, laissez-moi vous montrer quelque chose, M. Robson.

Je vais te montrer comment je peux utiliser mon corps.

Elle l'empoigna par le devant de sa chemise et le fit basculer sur le lit. Elle eut le temps de lire la surprise sur son visage, juste avant de bondir sur lui.

Ce n'était pas sexuel, ni même érotique. C'était de la colère. Amère et intense. Il l'accusait d'utiliser son corps pour obtenir ce qu'elle voulait, de profiter de ses atouts physiques pour faire mieux que lui. Elle avait déjà entendu cet argument sexiste des dizaines de fois. On l'avait chuchoté dans son dos ou on le lui avait jeté à la figure. Mais de la part de cet homme qu'elle essayait d'aider, c'était plus qu'elle ne pouvait supporter.

Elle plaqua sa bouche sur la sienne, lèvres brûlantes, langue déchaînée. Elle voulait qu'il la désire, elle voulait le forcer à ressentir quelque chose. Elle voulait lui faire mal. Elle était sauvage. Animée par une force primale.

Elle ne voulait pas se maîtriser.

Pris de court, Drew ne réagit pas tout d'abord. Mais lentement, insidieusement, elle sentit son corps réagir. Ses muscles, tendus comme pour se battre, se détendirent, et elle moula son corps au sien. Elle le chevauchait, le maintenant cloué au lit, une main sur son épaule, l'autre contre sa joue. Il courba légèrement le dos et, sa bouche toujours collée à la sienne, elle sentit que le corps de Drew allait au-devant du sien et sa poitrine venait écraser la sienne. Elle sentait, plus qu'elle n'entendait, son souffle rauque tout contre elle.

Elle ne sut pas à quel moment son attaque se transforma en quelque chose d'autre. Elle se sentit déroutée. Elle était en colère, blessée, bouleversée. Mais lorsque ses lèvres se mirent à bouger contre les siennes, qu'il répondit à ses baisers par des baisers encore plus approfondis, que ses mains agrippèrent ses hanches et qu'elle le sentit durcir entre ses cuisses, elle commença à ressentir autre chose. Son corps réagit de façon primitive et sa colère se transforma en excitation. Et plus encore. Un désir ardent la submergea et elle crut qu'elle allait se mettre à pleurer. Elle crut qu'elle allait hurler. Mais ses lèvres continuèrent à l'embrasser et leurs corps se pressèrent l'un contre l'autre. Elle enfouit ses doigts dans ses cheveux et il l'attira encore plus près. Le souffle de Drew était aussi rauque que le sien.

Il fit glisser sa main le long de sa cuisse… jusqu'à l'ourlet de sa robe.

Que fais-tu là, ma fille ?

Elle s'arracha à son étreinte et il s'assit d'un geste brusque, le regard voilé.

— Jade, attendez…

— *Voilà*, ce que je peux faire avec mon corps.

Elle porta la main à sa poitrine et sentit son cœur qui tambourinait comme un fou… et une vague de chagrin qui l'envahissait, à mesure qu'elle prenait conscience de la portée de son geste. Dans son cœur, le désir contrarié le disputait à la honte.

— Si j'avais voulu me servir de mon corps pour convaincre ce Skip, je l'aurais fait signer pour dix ans. Je l'aurais fait investir tout son argent dans votre entreprise. Je lui aurais fait faire ce que je veux. Alors, dites-moi. Vous croyez vraiment que j'ai profité de mon corps pour décrocher ce marché ?

Il la dévisagea, le souffle court.

— Jade…

Elle pointa le doigt vers lui.

— Vous êtes comme tous ces types qui pensent que j'ai un beau visage et un corps sexy et pas plus. Vous pensez que je ne peux rien obtenir sans mon physique. Je vais vous apprendre quelque chose, Drew. Je ne fonctionne pas comme ça. Je n'en ai pas *besoin*. Mais je ne vais pas non plus m'enlaidir, juste pour prouver à des machos dans votre genre que j'ai aussi une cervelle. Et quoi que vous en pensiez, Drew, c'est ma cervelle qui a remporté le marché cet après-midi.

Les pupilles de Drew étaient tellement dilatées que ses yeux bleus semblaient presque noirs.

— Non mais, attendez…

— Non. C'est fini. Cette conversation est terminée.

Elle tourna les talons et s'enfuit dans sa chambre. Les larmes commencèrent à couler au moment où elle glissa la clé dans la serrure. Elle ouvrit la porte, se précipita à l'intérieur et tourna le verrou derrière elle.

Qu'avait-elle fait ?

Elle venait de plaquer au sol un client. Elle s'était conduite comme une folle. Elle avait tout fichu en l'air : son contrat, sa promotion et aussi une bonne partie de son amour-propre.

Elle se jeta sur le lit en pleurant et saisit la télécommande. Elle alluma la télé et regarda l'écran sans le voir. Puis elle essuya ses larmes du revers de la main et se força à reprendre son souffle.

Il ne lui restait plus qu'à trouver où se situait l'aéroport le plus proche. Ensuite, il faudrait qu'elle explique tout cela à Betsy. Qu'elle tente de sauver sa carrière.

Mais, après tout, elle avait connu pire. Elle s'en sortirait. Elle recouvra peu à peu sa sérénité en regardant défiler, chaîne après chaîne, les images dépourvues de sens qui clignotaient sur l'écran du téléviseur.

Au bout de quelques minutes, elle décrocha le téléphone et composa le numéro de sa meilleure amie, Hailey. A cette heure-ci, elle devait sans doute être à son poste, en train de servir des Martini vodka. Elle était barmaid.

Mais on ne sait jamais…

La sonnerie retentit plusieurs fois à l'autre bout du fil. Puis une machine décrocha.

— *Vous êtes bien chez Hailey, mais je ne suis pas là. Laissez-moi un message et je vous rappelle, promis !*

Jade attendit le bip et inspira profondément.

— Hailey ? Tu n'es pas là ?

Elle fit une pause.

— Hailey, appelle-moi sur mon portable quand tu rentres, d'accord ? C'est important. Je t'embrasse.

Elle raccrocha. Une fois encore, elle allait devoir faire face, toute seule. Mais elle avait l'habitude. Elle était forte. Personne ne pouvait abattre Jade Morrow.

Drew faisait les cent pas dans sa chambre d'hôtel, son téléphone portable à l'oreille.

— Ken, il faut qu'elle parte.

Il entendit Ken soupirer à l'autre bout.

— Que s'est-il passé ?

L'image de Jade fondant sur lui, juste avant qu'il ne ferme les yeux et ne perde pied, s'imposa à lui. Mais il n'allait pas en parler à Ken. Bon sang, il avait lui-même du mal à comprendre ce qui s'était passé.

— Je crois qu'elle n'a pas sa place ici. Si on doit payer ce fichu contrat, eh bien, qu'on le paye. Mais je n'ai pas besoin de me farcir du blabla d'école de commerce toute la journée.

Ken marqua une pause.

— Toujours pas de vente, alors ?

Drew se racla la gorge.

— On a décroché une vente, admit-il à contrecœur.

— Vraiment ? s'exclama Ken d'une voix soudain joyeuse. C'est un bon contrat ?

— Deux ans. Avec Norinal, répondit Drew en secouant la tête. Mais là n'est pas la question. Le problème, c'est que…

— Deux ans ? l'interrompit Ken. C'est fantastique ! Oh, mais… attends. Norinal. Ceux qui fonctionnent à coup de pots-de-vin. Que leur as-tu promis, cette fois-ci ?

Drew commençait à se sentir vraiment mal à l'aise — et irrité.

— Ken, tu veux bien te concentrer sur ce que je te dis ?

— C'est si terrible que ça ?

— Mais non. Nous n'avons cédé sur rien. Ni rabais, ni cadeau. Un contrat de deux ans, tout ce qu'il y a de plus carré.

— Sans blague ! C'est une petite commande ?

Drew cita un chiffre et il s'efforça d'ignorer le sifflement admiratif de Ken à l'autre bout de la ligne.

— Ken, concentre-toi, bon sang !

— Pourquoi n'es-tu pas plus enthousiaste que cela ?

— Je suis très content qu'on ait remporté le marché, répondit Drew. Franchement, je ne m'y attendais pas. J'avais fait une croix dessus.

Ken garda le silence un moment.

— Je ne veux pas te fâcher, Drew, reprit-il d'une voix lente, mais est-ce que, par hasard, celle qui « doit partir » a quelque chose à voir dans la réussite de la vente ?

— Je ne vois pas le rapport. Il faut qu'elle parte, parce que je n'apprendrai rien avec elle.

— Drew, ne sois pas si dur avec toi-même, répliqua Ken, interprétant de travers la remarque de Drew. Je suis sûr que tu pourrais apprendre à vendre, si tu le voulais vraiment.

Exaspéré, Drew leva les yeux au ciel. Mais il n'eut pas le temps de corriger son directeur financier que celui-ci enfonçait le clou.

— Je dois reconnaître que j'ai été surpris que tu acceptes de travailler avec elle. Et je suis ravi qu'elle ait aidé à décrocher ce contrat. Tu sais à quel point nous avons besoin de cet argent. Mais je m'attendais à ce que tu la renvoies à Los Angeles dès le premier arrêt. Tu es tellement critique…

— Ce n'est pas parce que c'est une femme ! se récria Drew en se demandant si c'était justement le cas.

Il savait qu'il lui en voulait de la façon dont elle s'était comporté avec Skip. Cela l'avait rendu furieux et il avait préféré ne pas se demander pourquoi. Etait-ce vrai ? N'était-il qu'un affreux macho ?

— Non, non, pas parce que c'est une femme, l'interrompit Ken avec un petit rire. Mais parce que c'est une excellente commerciale. La seule personne que je connaisse qui puisse rivaliser avec elle, c'est ton père.

Drew sentit un poids s'abattre sur sa poitrine.

— Quoi ?

— Tu ne supportais pas quand ton père passait en mode « vendeur ». Tu disais que le produit se suffisait à lui-même.

— Je le crois toujours, grommela Drew.

— Quand le produit est bon, les clients restent. Mais parfois, il faut un peu de baratin pour les accrocher. Je crois que ta conseillère en communication vient juste de te le prouver : un contrat de cette ampleur, pour deux ans, avec Norinal, c'est du jamais vu, dit Ken d'une voix admirative. Alors, Drew, fais-moi plaisir. Ne parle plus de te débarrasser d'elle. Je crois que tu ne pouvais trouver meilleure collaboratrice pour cette tournée. Sans elle, je ne suis pas sûre que nous ayons une chance de nous en sortir.

Drew grimaça. Il s'était moqué d'elle et de ses techniques de vente. Mais, à écouter Ken, il comprenait que ce n'était pas elle qui avait un problème. C'était lui.

Dommage qu'il n'ait pas eu cette petite conversation avec Ken *avant* d'ouvrir la bouche.

— Hum, fit Drew en se raclant la gorge. Et si elle décidait de laisser tomber ?

— Ça m'étonnerait, dit Ken en éclatant de rire. Cette femme est un vrai pit-bull !

— Je ne sais pas…

Le rire de Ken s'interrompit net.

— Qu'est-ce que *tu* lui as fait ?

Drew ferma les yeux. Ken le connaissait par cœur.

— Nous nous sommes disputés, après la vente.

— *Après* la vente ?

La voix de Ken dérailla.

— Tu es fou ? Tu aurais dû la remercier à genoux ! A propos de quoi vous êtes vous disputés, bon Dieu ?

— Ce n'est pas très important. Il se peut que… que j'ai fait quelques remarques désobligeantes sur la façon dont elle avait remporté le marché.

Ken garda le silence.

— Des remarques au sujet de son physique et de la façon dont elle s'en servait pour vendre, précisa Drew.

Ken attendit un instant avant de réponse.

— Le genre de remarques qui pourrait nous conduire dans un tribunal ?

— Non, nous n'en sommes pas là.

Surtout après la façon dont elle avait choisi de se venger. Il sentait encore sa peau douce et tiède, ses lèvres voraces. Jamais il n'oublierait cette sensation.

— Tu peux arranger les choses ?

— Je ne sais pas. C'était vraiment une grosse dispute, répondit Drew en réfléchissant. Je ne sais même pas si elle voudra encore me parler.

— Alors on est dans la merde, reprit Ken sur un ton rocailleux qui rappelait plus l'ouvrier qu'il avait été que le directeur qu'il était devenu. Rampe à ses pieds s'il le faut. Tant pis pour ton amour-propre. Fais-le pour l'aciérie, Drew. Il n'y a que cela qui compte.

— D'accord, d'accord, je vais essayer.

— Bien. Et pour l'amour du ciel, Drew, ressaisis-toi !

Et Ken raccrocha sans lui dire au revoir.

Drew prit une longue inspiration et sortit de sa chambre. Il alla frapper à la porte de Jade.

— Jade ? appela-t-il d'une voix douce. Jade, je vous en prie, ouvrez-moi. Il faut que je vous parle.

Il crut l'entendre bouger de l'autre côté de la porte. Elle l'observait sans doute à travers l'œilleton. Puis il entendit le verrou tourner et elle ouvrit la porte.

— Il est tard, Drew.

Elle portait un long T-shirt et un pantalon de survêtement. Ses cheveux étaient maintenus en une queue-de-cheval lâche et son visage était démaquillé. Une moisson de taches de rousseur, habituellement camouflées par son fond de teint, soulignaient des yeux verts bien trop las.

— Je sais, excusez-moi, dit-il à voix basse. Je ne vous ai pas réveillée, au moins ?

Elle ne lui répondit pas. Mais les cernes sous ses yeux témoignaient de sa fatigue. Peut-être même avait-elle pleuré.

Réussir à faire pleurer une femme aussi forte que Jade Morrow était un crime. Il se sentit encore plus mal.

— Il fallait que je vous parle, dit-il.

Elle haussa les sourcils et demeura dans l'embrasure de la porte.

— Et que je vous présente mes excuses. Je vous prie de m'excuser, Jade.

Elle soupira et lui tourna les talons en laissant la porte ouverte. Il la suivit et ferma la porte tandis qu'elle s'asseyait sur le lit et le regardait d'un air à la fois las et interrogateur.

Il se racla la gorge.

— Votre succès m'a énervé, commença-t-il sans préambule. J'étais en colère d'avoir failli tout faire rater. Et puis, la façon dont ce type vous reluquait m'a mis hors de moi. Vous aviez l'air de vous en ficher. En fait, vous…

Il s'interrompit, cherchant ses mots.

— J'ai eu l'impression que vous en profitiez.

— Si je devais me sentir insultée chaque fois qu'un type me reluque, je serais sur les nerfs en permanence, Drew, répondit Jade d'une voix lasse. S'il s'était permis d'aller plus loin que ça, je l'aurais remis à sa place. Mais il a juste essayé de se faire mousser, de montrer qu'il était meilleur que moi. Et que son entreprise était devenue bien trop importante pour les aciéries Robson. Je n'y ai rien vu de personnel. Je l'ai laissé dire, sans lui faire perdre la face, puis je lui ai démontré que s'il changeait de fournisseur, il risquait de s'en mordre les doigts. Et qu'il ne lui resterait plus que les yeux pour pleurer, dans son beau bureau refait à neuf.

Le visage de Drew se crispa. C'était exactement ce qu'elle avait fait. C'était carré. Professionnel.

— Je suis désolé, dit-il.

Et il le pensait vraiment.

102

Elle garda le silence un moment, puis leva vers lui de grands yeux brillants. Elle cligna des paupières, chassant les larmes qui perlaient.

— J'en ai entendu de belles de la part de mes clients. D'habitude, cela ne m'affecte pas, dit-elle d'une voix étonnamment calme, en contradiction totale avec son expression blessée. Je vous ai laissé m'atteindre. Cela ne se reproduira plus.

Il aurait voulu s'asseoir auprès d'elle sur le lit, la prendre dans ses bras et la réconforter pour le mal qu'il lui avait fait. Mais cela n'aurait sans doute fait qu'empirer les choses.

— Je me suis conduit comme le dernier des imbéciles, admit-il. Je me suis senti mis en cause et stupide et j'ai choisi l'arme des faibles et des idiots. Je vous ai insultée. Je ne voulais pas reconnaître que vous aviez raison.

Elle pencha la tête sur le côté.

— Est-ce que vous le reconnaissez maintenant ?

Il hocha la tête.

— Vous avez réussi cette vente par votre seul talent, dit-il. Vous l'avez fait tout en finesse. Bon sang, avec de la classe, même. Vous avez beaucoup à m'apprendre.

Elle lui sourit faiblement.

— Eh bien, au moins, nous allons dans le bon sens.

Elle se leva et s'avança vers lui en lui tendant la main.

— Je vous propose un marché. Pendant les trois semaines qui nous restent, vous m'écoutez. Vous travaillez avec moi. Vous arrêtez les sarcasmes, la condescendance et vous laissez de côté votre soi-disant ouverture d'esprit. On est là pour travailler et vous allez travailler avec moi comme vous ne l'avez jamais fait de toute votre vie.

Il lui serra la main.

— Marché conclu.

Elle serra plus fort, le prenant de court.

— Et si vous vous permettez encore une fois de suggérer que je me sers de mon corps pour vendre, dit-elle sur un ton égal, mais avec un regard flamboyant, je vous jure que vous le regretterez.

Il hocha la tête.

— Marché conclu.

— Parfait.

Elle lâcha sa main et s'avança vers la porte.

— Ah, il y a autre chose, dit-il.

— Quoi ?

Il se demanda s'il risquait d'aggraver les choses — mais, bon sang, il fallait qu'ils en parlent ! Ils allaient passer trois semaines ensemble, jour… et nuit. Mieux valait régler cela tout de suite.

— A propos du baiser, dit-il d'une voix dont il ne put totalement maîtriser le tremblement.

Elle soupira.

— Là, c'est moi qui vous dois des excuses. Je n'ai jamais…, commença-t-elle.

Elle s'interrompit pour déglutir, avant de le regarder dans les yeux, avec ce regard clair et franc qu'il commençait à connaître.

— J'ai pour règle d'or de ne jamais devenir intime avec un client. Je n'en ai certainement jamais harcelé aucun. Et je vous prie de bien vouloir m'en excuser.

— Je vous avais provoqué, grommela Drew.

— Je n'ai pas la moindre excuse, répliqua Jade d'une petite voix, et je vous promets que cela ne se reproduira pas.

Une vague de regret fit chavirer Drew en son for intérieur.

— Eh bien, je… euh.

Que pouvait-il lui dire ?

Ça ne m'a pas dérangé. En fait, j'espérais que nous pourrions recommencer, dans d'autres circonstances. Vous avez quelque chose de prévu, mardi ?

— Faisons comme s'il ne s'était rien passé, proposa-t-il finalement. On recommence. On remet les compteurs à zéro.

Elle lui sourit et il vit qu'elle se détendait.

Elle se laissa retomber sur le lit.

— Parfait.

Puis elle se releva et alla ouvrir la porte.

— Vous feriez mieux d'aller dormir. Une longue route nous attend demain et on va pouvoir enfin commencer votre formation. Votre cervelle ne sera plus qu'une serpillière quand j'en aurai fini avec vous.

Il lui fit un petit sourire en coin.

— Vous ne me faites pas peur.

— Ça va venir, dit-elle en lui clignant de l'œil.

Il s'arrêta sur le pas de la porte. Il allait s'en mordre les doigts, mais…

— Avant de vraiment remettre les compteurs à zéro, je vais juste me permettre une petite remarque. Et après, on pourra vraiment tout oublier.

Il la vit se raidir contre la porte.

— Oui ?

Il tourna deux fois la langue dans sa bouche avant de l'ouvrir. Puis il se lança quand même.

— Je vous crois.

— Vous me croyez, à quel sujet ?

— La façon dont vous embrassez, répondit lentement Drew. Vous pourriez obtenir absolument n'importe quoi d'absolument n'importe qui.

Puis il se tut et attendit sa réaction.

Et là, il vit ses lèvres s'étirer en un grand sourire.

— Puisque nous ne remettrons officiellement les compteurs à zéro que demain matin, dit-elle d'une voix suave, je vais même ajouter ceci : vous devriez voir ce dont je suis capable lorsque je veux vraiment obtenir quelque chose !

Et sur ce, elle lui ferma la porte au nez. Il se retrouva tout seul dans le couloir, un sourire idiot aux lèvres et une bosse dans le pantalon.

— Celle-là, tu l'as bien cherchée, grommela-t-il entre ses dents en regagnant sa chambre.

5.

Ils avaient roulé toute la matinée et travaillé tout l'après-midi. Drew était lessivé. Cela faisait trois jours qu'ils s'étaient sérieusement mis au travail — trois jours depuis l'« incident » du baiser. Tout son corps était tendu, contracté d'être resté trop longtemps en position assise. Quant à son esprit, il était saturé. Jade était un sacré professeur. Ce soir, il avait besoin d'une récréation.

Il avait repéré le collège en arrivant au motel et, plus important encore, le terrain de sport avec son panier de basket. Il était près de 21 heures et le collège était désert, mais les lumières étaient restées allumées. Il commença à dribbler avec son vieux ballon de basket.

Quelle femme exceptionnelle.

Il cambra les reins et envoya la balle en l'air. Elle ricocha sur l'anneau et il la rattrapa au vol.

Apprendre à connaître Jade Morrow était une opération délicate, un peu comme de danser une valse sur un champ de mines. Malgré ses excuses et leur décision de remettre les compteurs à zéro, il la sentait nerveuse. Il aurait aimé en savoir plus sur elle, mais elle se dérobait. Chaque fois qu'il lui posait une question un peu trop indiscrète, sur sa famille ou son travail, elle l'interrompait et l'ensevelissait sous des détails de stratégie de vente.

Il s'était senti attiré par elle depuis le début, mais, depuis qu'il la côtoyait au quotidien, cette attirance avait atteint une intensité qui frisait l'obsession. Le fait de passer une bonne partie de leurs journées enfermés ensemble dans des chambres de motel n'arrangeait rien. Il s'allongeait souvent à plat ventre sur le lit lors de leurs séances, afin de masquer la perpétuelle érection qui l'affligeait chaque fois qu'ils se trouvaient dans la même pièce. C'était stupide, c'était fou, mais il n'y pouvait rien.

Il désirait Jade Morrow plus que tout.

Il secoua la tête et inspira une longue bouffée d'air frais. Ils se trouvaient maintenant dans le Colorado et l'air sentait bon la montagne et la forêt. Le contraste était saisissant avec les odeurs du désert que leur avaient offert le Nouveau-Mexique et le Nevada. C'était une randonnée longue et fatigante. Mais il en appréciait chaque minute, avec Jade qui s'exclamait devant le paysage.

Il se mit à dribbler. Il en revenait toujours à elle.

Cela ne mènera à rien. Il devait se concentrer sur sa mission. Son usine et sa ville comptaient sur lui. Il avait eu Ken au téléphone, qui se réjouissait des ventes, mais qui semblait préoccupé. Il le sentait dans sa voix. Mais cette équipée sur la route, chaque nuit dans un lit différent, la roulette des motels, le bitume à perte de vue dans la journée… Il avait l'impression de vivre en dehors de la réalité. Il n'y avait plus d'usine au bord de la faillite, plus de Ken à la mine sombre pour lui rappeler ses obligations envers l'aciérie et la ville de San Angelo. Il n'y avait plus que la route, les visites aux clients… et Jade.

Il s'élança en dribblant vers le panneau et envoya la balle en l'air. Elle traversa le filet en sifflant.

Oublie Jade. Dépense-toi. Va dormir.

— Joli tir.

Il fit volte-face.

Jade se tenait devant lui, les deux mains appuyées sur la barrière qui fermait le terrain. Elle était vêtue d'une paire de baskets, d'un débardeur et d'un short d'où s'échappaient ses longues jambes souples.

— J'ai mal au dos à force de passer tout ce temps assise dans la voiture. Je suis sortie pour me dérouiller les jambes et je vous ai vu sur le terrain de basket.

— J'avais besoin d'exercice, moi aussi, lui répondit-il en essayant de garder le contrôle de ses sens.

Il était vêtu d'un T-shirt et d'un short de sport. S'il se mettait à bander maintenant, elle ne pourrait l'ignorer.

Elle s'avança vers lui, le regard curieux.

— Je peux essayer ?

Il lui lança le ballon.

— Vous jouez ?

Elle lui adressa un petit sourire en coin.

— Je faisais déjà cette taille à onze ans, lui répondit-elle.

Il s'éloigna du panier.

— Je vous en prie.

Elle se campa à trois mètres de lui avec l'intensité d'un Michael Jordan. Elle ne lui accorda pas même un regard. Elle se pencha en arrière et réussit le tir à trois points le plus adorable qu'il ait jamais vu. Il sifflota entre ses dents, admiratif.

Elle lui jeta un petit sourire impertinent puis enchaîna trois autres paniers, à des angles différents. Il se sentait partagé entre l'admiration qu'il éprouvait pour son jeu et celle que lui inspirait son corps vif et musclé.

Elle s'essuya le front du revers de la main, se cambrant légèrement, la tête renversée vers l'arrière, les yeux clos. Ses lèvres pulpeuses s'étirèrent en un sourire moqueur.

Il sentit son corps tout entier se tendre.

Il grimaça et courut pour rattraper la balle, lui tournant le dos et essayant de maîtriser son érection.

— Ce n'est pas très difficile de crâner au basket quand il n'y a personne en face, dit-il en essayant de distraire son attention.

Il lui jeta un coup d'œil par-dessus son épaule et vit qu'elle lui souriait, les yeux pétillants.

— On va voir si vous faites encore le malin quand je vous aurais battu, répondit-elle. Un contre un. Allez !

— Je ne peux pas jouer contre vous, dit-il en réprimant un sourire. Vous n'êtes qu'une *fille*.

Elle trottina vers lui, les cheveux au vent, et lui prit la balle des mains.

— Vous m'avez cherchée, vous allez m'avoir.

Oh, oui !

Il n'en demandait pas plus. Dommage qu'il ne s'agisse que de basket.

Il lui fit face, sûr de lui. Elle se mit à dribbler, sans le quitter des yeux. Puis elle le feinta et, en quelques enjambées, marqua un smash d'un geste sûr.

— Oh, oui ! s'écria-t-elle avant de revenir vers lui, pas même essoufflée. Un point pour moi.

Elle lui lança la balle.

— A vous de jouer.

— On joue en combien ? Quinze ?

— Vingt, répondit-elle d'un air indifférent avant de lui adresser un petit clin d'œil.

Il envisagea un instant de la laisser gagner, puis réprima un sourire. A voir comment elle jouait, il n'avait pas besoin de lui faire de cadeaux. D'un autre côté, elle ne pouvait pas savoir qu'il avait joué dans le championnat universitaire. Lui aussi, il avait grandi très tôt.

— Vous n'êtes pas si forte que ça, la provoqua-t-il.

— Pas besoin d'être forte pour battre les types dans votre genre, lui répondit-elle, une lueur amusée dans le regard.

Il essaya de la feinter, mais, vive comme l'éclair, elle lui bloqua le passage. Leurs corps ne se touchaient pas, mais leurs yeux restaient cloués l'un à l'autre. Il pouvait la sentir, toute proche de lui, à moins de trente centimètres.

Il s'échappa et lança sa balle vers le panneau. Elle décrivit un arc parfait et traversa le panier avec un bruissement sec.

— Egalité, dit-elle. Tenez-vous prêt.

Il s'ensuivit un duel qui tenait autant du basket que de la provocation, chacun devenant plus inventif dans les feintes et les sarcasmes à mesure que le score progressait. Elle le contrait, il l'esquivait. Il ne la menait que de trois points. Il se rendit compte qu'il aurait pu marquer plus de points s'il avait réussi à rester concentré. Il essayait de la contrer, mais elle reculait, jusqu'à ce que ses fesses viennent frôler son entrejambe. Submergé par les sensations, il reculait alors et elle en profitait pour s'échapper et marquer.

Elle va me tuer, se dit-il en la regardant faire une petite danse de la victoire. *Mais quelle délicieuse façon d'en finir !*

— Dix-sept à dix-neuf, dit-elle en haletant, les mains en appui sur ses genoux.

— Si je marque, je gagne, répliqua-t-il en faisant rebondir la balle, jaugeant la distance jusqu'au panier.

Elle se tenait face à lui, une lueur résolue dans les yeux.

— On n'a pas décidé quel était l'enjeu, fit-il remarquer.

— Vous dites cela parce que vous gagnez, dit-elle en riant. Du moins pour l'instant. Pourquoi ? Que voulez-vous ?

Il continua de dribbler, retenant ce qui lui démangeait le bout de la langue.

— Tentez-moi. Que ce panier ait un réel enjeu.

— Tentez-moi, vous, répliqua-t-elle. Que je me sente obligée de vous remonter au score.

Il lui sourit.

— Que voulez-vous ?

— Si je gagne, répondit-elle lentement, vous me payez une glace. Chocolat avec pépites de chocolat. Trois boules.

— Vous ne revenez pas trop chère, comme fille, vous, dit-il avec un sourire moqueur.

— Il n'y a rien de plus dangereux que de se tenir à mi-chemin entre moi et une coupe de glace au chocolat, répondit-elle avec un air faussement sérieux. Alors, que voulez-vous ? Ou plutôt, devrais-je dire, qu'êtes-vous prêt à perdre ?

— Eh bien, heu, puisque vous le proposez… que diriez-vous d'un baiser ?

Elle se figea et écarquilla les yeux.

— Pardon ?

Bon sang. Il avait pensé à voix haute.

— Rien. Je ne veux rien, se reprit-il à la hâte. J'aime autant vous battre pour le principe.

Elle lui jeta un regard suspicieux puis se remit en position.

— Très bien. Alors, à vos marques…

Il se jeta en direction du panier, mais elle le talonna. Il finit par se dégager, mais elle se jeta en travers du chemin au moment où il ajustait son tir. Il lui rentra dedans sans le vouloir et l'envoya au tapis au moment où il marquait le point victorieux.

— Jade ! Je suis désolé, dit-il en s'approchant d'elle. Est-ce que ça va ?

— Pas de sang, pas de mal, répondit-elle en se frottant le coude.

Il lui tendit la main et l'aida à se relever, sans la relâcher.

— Vous êtes sûre que ça va ?

Elle hocha la tête et, à sa surprise, avança vers lui. Les boucles autour de son front étaient humides de sueur et son visage était nu de toute trace de maquillage. Sa queue-de-cheval lui donnait un air gamine.

— Alors… ça vous suffit, d'avoir gagné pour le principe ?

Il s'apprêtait à lui répondre quand les lumières s'éteignirent.

— Zut. Il y avait sans doute une minuterie.

Il lui tenait toujours la main.

— Jade ?

Elle se tenait là, devant lui, comme si elle attendait quelque chose. Elle lâcha sa main, mais ne bougea pas, à quelques centimètres à peine de lui.

Il réfléchit aux conséquences de ce qu'il s'apprêtait à faire, les repoussa et se pencha pour l'embrasser.

Ce fût un baiser très doux… du moins au début. Il posa ses mains sur ses hanches et trouva sa bouche dans le noir sans hésiter. Ses lèvres tièdes avaient la douceur du satin et il entrouvrit les siennes, goûtant leur texture, savourant la tendre pression de sa bouche contre la sienne. Elle laissa échapper un léger soupir en se penchant contre lui. Puis il se mit à l'embrasser plus goulûment, balayant ses lèvres de sa langue, allant à la rencontre de la sienne. Il la serra contre sa poitrine. Il sentit les doigts de Jade glisser sur sa nuque, l'attirant vers elle.

Il la désirait tant que son érection en devenait presque douloureuse. Il sentait la pointe des seins de Jade tendue contre son torse. Il laissa échapper un son rauque et la frotta contre lui. Elle gémit et il resserra son étreinte, plaquant ses hanches contre les siennes. La fraîcheur de la nuit, l'odeur

des pins et la chaleur qui émanait de ce corps de femme...
le mélange était insoutenable.

— Jade, dit-il d'une voix enrouée, arrachant ses lèvres aux
siennes pour l'embrasser dans le cou. Oh, Jade !

Il n'aurait pas dû parler. Elle recula soudain, le souffle
court.

— Bon sang !

Elle n'avait pas l'air fâchée contre lui, mais contre elle-
même.

— Je n'aurais pas dû faire ça, dit-elle. Nous n'aurions pas
dû faire ça.

— Pourquoi ? répliqua-t-il.

— Je vous ai dit que je voulais garder notre relation au
niveau professionnel, reprit-elle avec un air d'excuse. Je suis
désolée.

— Pas moi, dit-il en lui prenant la main et en l'attirant à
lui pour l'embrasser de nouveau.

Mais il sentit qu'elle résistait et il la relâcha.

— Jade, qu'y a-t-il de mal à cela ?

— Premièrement, vous êtes un client, dit-elle. Et je... je
me sens un peu paumée.

Il pouvait deviner le contour de sa silhouette dans la nuit.
Ses yeux accrochèrent les siens.

— Jade, je ne veux pas vous forcer à faire des choses que
vous ne voulez pas. Mais je dois vous l'avouer... je n'ai jamais
autant désiré une femme.

— Je sais ce que vous ressentez, répondit-elle doucement.
C'est bien pour ça que je me sens paumée.

Il prit une longue inspiration puis détourna le regard.

— Pourquoi ne pas prendre le temps de réfléchir ?
demanda-t-il.

Il n'en revenait pas de ce qu'il était en train de lui dire.
Il la désirait tant ! Il la sentait si proche, si accessible. Mais

elle semblait aussi troublée. Il ne la voulait pas ainsi. Il ne voulait pas avoir à la convaincre. Il ne voulait pas de remords ni de regrets.

— Nous partons tôt demain matin, dit-elle d'une voix qui manquait encore d'assurance. Je crois que je vais aller dormir.

— Je comprends, mentit-il.

La seule chose qu'il comprenait c'est qu'il se fichait des ventes, de l'usine ou du lendemain, même. C'était le moment qu'ils vivaient en ce moment qui avait de l'importance.

— Bonne nuit, Jade.

Elle hésita, l'espace d'une très courte seconde, puis répondit :

— A demain.

Il la regarda s'éloigner vers le motel, l'air pensif.

— Nous sommes prêts à vous recevoir, monsieur Robson.

Jackie Augustine, des Tracteurs Augustine, leur fit signe de le suivre avec un grand sourire.

Jade regarda Drew qui prenait une longue inspiration, les mâchoires serrées.

— Parfait. Nous arrivons.

— Tout va bien se passer, lui glissa Jade juste avant qu'ils ne pénètrent dans la salle de réunion. Ne soyez pas nerveux.

Il la regarda de ses yeux bleus, limpides comme l'eau d'un fjord.

— Pourquoi vous me dites ça ? J'ai l'air nerveux ?

Elle se retint pour ne pas lever les yeux au ciel.

— Mais non, vous n'avez pas l'air nerveux. Vous avez l'air fantastique.

Elle ne mentait pas. Il avait vraiment de l'allure. Il avait gardé son style bien à lui, mais en y apportant une touche plus sophistiquée. Son pantalon kaki et sa chemise en jean couleur crème étaient repassés de frais et il avait ajouté une veste et une cravate à fines rayures.

Ils entrèrent dans la salle de réunion et prirent place côte à côte.

Le moment de vérité approchait. Elle allait le voir à l'œuvre. Elle saurait avant la fin du rendez-vous si ses conseils et ses leçons avaient porté et si son intervention avait fait la moindre différence. Si tel n'était pas le cas, il lui faudrait revoir sa stratégie. Si Drew Robson n'avait tiré aucun enseignement après une semaine passée ensemble, il leur faudrait trouver une autre solution pour aider les aciéries Robson.

Drew ouvrit un dossier devant lui et s'adressa à ses clients, une expression bienveillante sur le visage.

— Je pensais que nous pourrions commencer par une petite discussion, déclara-t-il.

Jade l'encouragea du regard.

Parfait. *Faites-les parler,* lui avait-elle enseigné.

— Pourquoi ne me dites-vous pas ce que vous pensez de nos services, ce qui vous convient et ce qui mériterait d'être amélioré ?

Jackie se tourna vers Frank, son mari, qui prit la parole en martelant ses mots avec ses grandes mains.

— Eh bien, nous apprécions le fait que vos livraisons arrivent généralement à temps. Mais nous avons l'impression de ne pas être des clients très importants pour vous. D'habitude, ce sont toujours de jeunes commerciaux qui nous rendent visite et qui essaient de nous vendre des choses dont nous n'avons pas besoin.

— Je déteste ça moi aussi, dit Drew d'un air sincère.

Puis Jackie enchaîna sur les services offerts par Robson — ou plutôt, l'absence de services, les concernant.

— Oh, mon Dieu ! s'exclama Drew en fronçant les sourcils. Je suis navré, je n'étais pas au courant.

Jade ne put réprimer une petite grimace. Elle n'aurait jamais admis une chose pareille devant un client. Du moins, pas de cette façon. Elle essaya de lui faire passer le message, mais il ne détachait pas son regard des Augustine.

Très vite, elle commença à se sentir déplacée. Drew retira sa veste et la posa sur le dossier de sa chaise. Il retroussa ses manches et desserra sa cravate qui se mit à pendouiller. On aurait dit un gamin d'un cours privé tout juste sorti de l'école. Les sourcils froncés, il étudiait d'un air concentré des graphiques que lui avait fait passer Frank en dépit des objections de sa femme.

— Eh bien, pour commencer, vous ne devriez pas payer autant pour ces pièces, déclara Drew.

Jade s'affaissa sur sa chaise.

Oh, bon sang, il va se planter ! Il était en train de leur conseiller de réduire leur commande. Puis il leur montrait comment ses commerciaux leur avaient survendu des pièces et pourquoi certaines commandes n'avaient pas été livrées à la date convenue.

Tout était en train de très mal tourner.

— Euh, Drew, puis-je vous parler un instant ?

Il était plongé dans ses pensées et il se redressa pour lui jeter un regard interrogatif.

— Ça ne peut pas attendre ? Je crois que nous atteignons le vif du sujet.

Elle haussa les épaules.

— C'est vous le client, murmura-t-elle.

Il lui sourit.

— Faites-moi confiance, lui répondit-il à mi-voix à un moment où les Augustine ne les regardaient pas.

Un petit frisson la parcourut. Lui faire confiance ? Déjà qu'elle se trouvait sous la coupe de son charme... Si elle commençait à lui faire confiance, elle était perdue.

Au bout d'une heure, ils firent une pause. Jackie se leva pour chercher des boissons et Frank sortit chercher un dossier.

— Qu'est-ce que vous faites, bon sang ! s'exclama Jade.

— Comment ça ? demanda Drew en clignant des yeux.

— Vous n'êtes pas en train de vendre, vous êtes en train de couler votre entreprise.

Il fronça les sourcils.

— Je croyais qu'il fallait écouter et accepter leurs critiques à l'égard des aciéries Robson, dit-il sur un ton patient.

Elle l'aurait étranglé.

— Accepter, oui, mais pas en rajouter !

— Ecoutez, cela ne leur convient pas du tout. On n'aurait jamais dû leur proposer un contrat pareil. Le commercial qui s'est occupé de leur dossier devait être dingue. Je ne vais pas leur raconter d'histoires.

— Mais je...

— Jade, reprit-il d'un ton ferme. Nous devons remporter des marchés pour Robson, mais nous ne devons pas pour autant prendre les clients en otage. Augustine est une petite compagnie et ils ont leurs propres soucis financiers.

Frank les interrompit en revenant avec son dossier et Drew et lui se remirent à discuter.

Jade le regarda faire, conquise. Elle n'avait jamais rencontré quelqu'un de cette trempe. Surtout à Los Angeles et encore moins dans sa branche professionnelle. Cet homme avait des scrupules. Il croyait en ce qu'il faisait. Il voulait aider les gens.

Bon sang, il fallait qu'elle reprenne un peu de distance. A force de passer tout son temps avec lui, les frontières étaient en train de s'effacer.

Elle se força à réintégrer la conversation. Apparemment, les Augustine, aussi, étaient conquis par Drew. Elle se sentit soulagée — et un peu coupable, aussi. Elle n'aurait jamais dû douter de lui.

— Vous prêtez vraiment attention aux gens, dit Jackie d'un ton ému. Vous n'êtes pas comme tous ces types…

— Oh, vous pouvez me croire, il n'y en a pas deux comme lui, dit Jade.

Drew se tourna vers elle et lui sourit… Jade sentit son bas-ventre se contracter.

— Pour être honnête, je comptais vous virer avec pertes et fracas, dit Frank. Nous avons effectué des recherches auprès d'autres fournisseurs et certains sont moins chers. Mais vous venez de faire la preuve de votre valeur. On sent que vous connaissez votre affaire.

— Merci, Frank, dit Drew. Je suis sincèrement désolé qu'il nous ait fallu tant de temps pour régulariser les choses.

— Nous allons donc continuer à travailler avec vous, sur la base de ce que nous avons discuté aujourd'hui. Cela signifie moins de pièces. Et plus de services.

— C'est très bien comme ça, répondit Drew.

Jade se sentit soudain terriblement fière de lui.

— Mais, ajouta Frank, sachez que je vais parler de vous et de votre usine autour de moi. A mes fournisseurs, ainsi qu'à mes amis. Je croyais qu'on n'en faisait plus, des types comme vous.

Drew se mit à rire.

Jade se rendit compte qu'elle aussi avait cru que les types bien étaient une espèce disparue depuis des lustres… et voilà que son client en faisait partie !

6.

Drew était assis au bar du restaurant, attendant Jade. C'était un établissement chic, avec un orchestre et une piste de danse. Elle avait accepté de dîner avec lui, pour célébrer sa première vente. Il s'obligea à ne pas regarder sa montre.

Malgré une longue douche relaxante et deux verres de vin, l'excitation n'était pas retombée. Il se sentait capable de vaincre un alligator en combat singulier, de battre à la course un jaguar ou de tracter une locomotive avec ses dents. La réussite l'avait dopé. Mais il y avait aussi autre chose…

Il leva les yeux et vit Jade qui avançait vers lui. Sa démarche sexy aimantait les regards dans la pièce. Ses cheveux étaient relevés en un chignon vague et des boucles s'en échappaient, encadrant son joli visage. Sa bouche…

Elle était sexy, sensuelle, sublime.

Puis elle lui sourit et la poitrine de Drew se gonfla de fierté comme celle d'un héros de bande dessinée.

Il n'y a rien de plus sexy qu'une femme qui croit en vous.

Il se leva et lui tendit la main, comme s'il s'agissait de la chose la plus naturelle au monde. Elle le dévisagea une seconde puis posa sa main sur la sienne… d'un geste presque timide, ce qu'il trouva adorable.

— Vous êtes magnifique, dit-il à voix basse.

Il aurait voulu l'embrasser.

— Merci, répondit-elle et elle lui offrit son sourire mi-moqueur, mi-sexy qui lui faisait perdre la tête.

Il donna une petite pression, légère et amicale, sur sa main avant de la relâcher.

Doucement. Ne l'effraie pas.

Il la désirait, c'était un fait indiscutable. *Ils* se désiraient.

Leçon de vente numéro un : il faut cerner ce que veut le client et lui montrer que vous avez de quoi le satisfaire.

La serveuse les plaça à leur table et il ne put s'empêcher de savourer l'ironie : elle lui avait elle-même fourni les armes pour se faire battre — mais à ce jeu-là, il n'y avait ni vainqueur, ni vaincu.

— Vous avez été fantastique, aujourd'hui, déclara Jade. Mais je vous l'ai déjà dit, non ?

— C'est toujours agréable à entendre, répondit-il. J'ai un très bon professeur.

— Non, vous avez un *excellent* professeur, répliqua-t-elle avant d'éclater de rire. Ma modestie m'étonnera toujours.

— Ce n'est pas de la vantardise, c'est la vérité, dit Drew.

Il adorait la petite musique claire de son rire.

— Regardez-moi : avant, je portais des T-shirts et je suppliais les clients pour qu'ils passent commande. Aujourd'hui, je porte des cravates, j'enchaîne les contrats… et je dîne avec une femme magnifique.

— Oui, c'est bien connu, les bons vendeurs attirent les jolies filles comme des mouches, dit Jade en riant de nouveau.

Drew crut percevoir un brin de nervosité dans son rire.

Il la rendait nerveuse. C'était plutôt bon signe. Jade Morrow n'était pas le genre de femme que les hommes rendent habituellement nerveuse.

— Attirer des nuées de jolies filles, ça a toujours été mon rêve, reprit Drew en souriant, heureux de la voir rire à ses blagues. Mais, le plus important, c'est que nous sommes en bonne voie pour sauver les aciéries Robson. Et ça, c'est ce qu'il y a de plus important au monde, pour moi.

— Je sais, répondit-elle simplement.

— Et vous y êtes pour beaucoup, reprit-il en levant son verre à eau. A vous, Jade Morrow. A mon ange gardien, le meilleur qui soit ! Je n'aurais pu demander mieux.

Il crut un instant qu'elle allait écraser une larme. Puis elle cligna des yeux, et se força à sourire.

— Continuez comme ça et vous allez me faire rougir, dit-elle sur un ton ému. Vous avez travaillé dur, Drew, et si vous n'aimiez pas autant votre usine, nous n'en serions pas là aujourd'hui. Alors, à vous, répliqua-t-elle en levant à son tour son verre. A Drew Robson, le client le plus coriace et le plus...

Elle s'interrompit.

— Oui ? l'encouragea-t-il.

— Le client le plus coriace et le plus sympathique qu'il m'ait été donné de rencontrer, dit-elle d'une voix peu assurée avant d'avaler rapidement une gorgée d'eau.

Il sirota à son tour un peu d'eau, pour étancher la sensation de chaud qui le submergeait soudain.

Puis ils échangèrent une série de banalités, au sujet du prochain match des Raiders et des avantages qu'il y avait à vivre dans une petite ville ou dans une grande métropole. Mais, de temps à autre, leurs pieds se frôlaient sous la table, tout à fait accidentellement. Ou bien ils tendaient la main en même temps vers la salière et il sentait alors du bout des doigts la douceur satinée de sa peau. Une caresse fugitive... Il retirait sa main. Si on leur avait posé plus tard la question, aucun des deux n'aurait su dire de quoi ils avaient parlé, mais cela n'avait aucune importance. Il écoutait le son de sa voix, il la regardait parler, ses mains volant ici et là, son visage s'animant au fil des arguments.

Elle était fantastique.

Après le café, ils se levèrent. Ils passèrent devant la piste de danse et il vit qu'elle regardait l'orchestre. Puis elle se tourna vers lui et lui sourit.

— Vous dansez ? murmura-t-elle d'une voix à peine audible, comme si elle se parlait à elle-même.

— En règle générale, je ne danse pas, répondit-il.

Mais l'idée était tentante — la tenir tout contre lui, la serrer dans ses bras, tout cela en tout bien tout honneur.

— Mais si vous ne craignez pas de vous faire piétiner les orteils, poursuivit-il, et si ça ne vous gêne pas de mener, eh bien, après tout… pourquoi pas ?

Elle se mit à rire. Puis elle secoua la tête.

— Non, tant pis, ce n'est pas grave. Ça fait un bail que je n'ai pas dansé, mais…

Elle s'interrompit avec un petit cri de surprise lorsqu'il la prit soudain par le bras et l'entraîna sur la piste de danse.

— Ne vous inquiétez pas, danser avec moi n'est pas une partie de plaisir !

Elle riait encore lorsqu'il l'attira contre lui. Il fit glisser ses doigts le long de ses bras nus et guida les mains de Jade jusqu'à ses épaules. Puis il la prit doucement par les hanches.

— Gare à vos pieds, chuchota-t-il.

Elle lui répondit avec un petit sourire. Une petite veine palpitait dans le creux de son cou délicat.

Avait-il jamais autant désiré une femme ?

Le tempo accéléra. C'était un morceau à la fois gai et langoureux, emmené par un saxophone au timbre chaud. Elle ferma les yeux et se laissa aller au rythme de la musique, balançant les hanches tout contre ses doigts. Il se raidit, mais se força à se détendre. Ils bougèrent en rythme, trop proches l'un de l'autre pour ne pas sentir le désir qui montait, mais avec encore assez de distance pour ne pas y succomber.

Elle le regarda bien en face et il aurait juré lire dans ses yeux une faim semblable à la sienne. Elle caressa ses épaules du bout des doigts. Il en voulait plus…

Elle se pencha vers lui, en un geste presque imperceptible. Il en fit autant, jusqu'à ce que sa tempe caresse la sienne. Le parfum vanillé de Jade l'enivrait à chaque inspiration. Elle s'approcha encore. Sa poitrine vint se frotter contre la sienne, allant et venant au rythme de la musique en d'affolantes caresses. Il aurait voulu la plaquer contre lui. Sous le fin tissu de sa robe, il sentait ses hanches qui vibraient…

Elle recula soudain.

— Je n'ai plus envie de danser, dit-elle d'une petite voix.

— Moi non plus, chuchota-t-il d'une voix rendue rauque par le désir. Viens.

Ils se frayèrent un chemin parmi les danseurs. Il la désirait. Elle le désirait. Il n'avait pas envie de se poser plus de questions. Il la voulait nue, sous lui, sur lui, près de lui.

Il voulait la posséder de mille et une façons.

Ils traversèrent le hall en silence, puis suivirent le couloir qui menait à leurs chambres, l'une à côté de l'autre. Le pouls rapide, le souffle court, il sentait tout son corps vibrer au rythme de son désir. Ils ne se touchèrent pas, ne s'effleurèrent même pas, mais ils avaient une conscience aiguë du corps de l'autre. Ils s'arrêtèrent devant la chambre de Jade et il lut un mélange de passion et de nervosité sur son visage.

— Je…, commença-t-il.

Sa bouche articula des mots, mais aucun son ne franchit le seuil de ses lèvres. Elle le dévisagea, perplexe.

— Je veux te faire l'amour, Jade, parvint-il enfin à dire.

— Je sais, répondit-elle, une lueur fervente dans le regard. Moi aussi, mais…

Il ne la laissa pas terminer sa phrase. Elle avait sans doute tout un argumentaire à lui opposer. Il voulait un baiser avant qu'elle ne remette de l'ordre dans ses pensées. Il se pencha vers elle et posa sa bouche sur la sienne.

Il l'avait déjà embrassée, aussi, il ne fut pas surpris par la bouffée d'adrénaline qui le parcourut au moment où la texture satinée des lèvres de Jade entra en contact avec les siennes. Mais, cette fois-ci, le désir l'animait déjà avant même de l'avoir embrassée et il essaya de lui transmettre par ce baiser toute la force de sa passion.

Il entrouvrit les lèvres de Jade de la pointe de sa langue. Elle se laissa aller contre la porte de sa chambre et il s'enhardit encore. Il la maintint d'une main sur sa hanche rebondie tandis que l'autre commençait à parcourir le devant de sa robe, de bas en haut, s'arrêtant à mi-chemin pour caresser la douce courbe de son ventre.

Elle laissa échapper un petit gémissement et sa langue se mit à jouer avec la sienne, ses mains caressèrent ses épaules, glissèrent sur sa nuque, se mêlèrent à ses cheveux, l'attirant à elle.

Ses hanches se collèrent aux siennes et il n'y avait plus qu'un peu de tissu pour séparer leurs corps enfiévrés.

Il rompit le baiser, le souffle court.

— La clé, chuchota-t-il d'une voix rauque, avant de se pencher sur son cou pour la mordiller. Elle gémit contre son oreille, son souffle telle une caresse tiède.

— Un instant, murmura-t-elle en fouillant d'une main dans son sac avant d'ouvrir la porte.

Ils pénétrèrent lentement dans la pièce et elle ferma la porte derrière eux. Le moment avait quelque chose d'irréel. Ils avancèrent vers le lit, collés l'un à l'autre, les yeux dans les yeux. Elle s'assit au bord du lit et il s'assit près d'elle. Elle s'allongea et il se pencha sur elle.

Il recommença à la caresser à travers le tissu de sa robe, mais, cette fois-ci, il continua jusqu'à sa poitrine, frottant la petite pointe dressée de ses seins contre la paume de ses mains. Puis il les prit dans sa bouche l'une après l'autre, les aspirant à travers le tissu. Elle retint son souffle, cambra le dos.

Elle commença à le déshabiller, tirant sur sa chemise puis glissant ses mains sous le tissu. Il frissonna au contact de ses paumes tièdes tout contre sa peau. Elle l'attira contre elle, jusqu'à ce qu'il se retrouve entre ses jambes. Il la sentait brûlante à travers le tissu et il l'embrassa passionnément. Elle se frotta contre lui, exigeante, désirante, pressante.

Il roula sur le dos, s'éloignant un instant, le souffle court. Il voulait prendre son temps. Il voulait que cela dure.

Elle se cambra de nouveau… puis remonta sa jupe du bout des doigts, révélant sa culotte en dentelle vert foncé et ses bas noirs. Elle avait gardé ses talons aiguilles.

Il sourit, caressant la peau blanche et délicate de ses cuisses. Il savoura les gémissements qui s'échappèrent de ses lèvres lorsqu'elle ferma les paupières, tournant son visage sur le côté. Les doigts de Drew entamèrent lentement l'ascension de ses cuisses, jusqu'à atteindre la bordure de sa culotte. Ils glissèrent sous la dentelle puis repoussèrent le fin tissu, révélant des boucles rousses, douces comme de la soie. Le souffle de Jade était rauque et inégal et elle écarta imperceptiblement les jambes. Il sentit son sexe se durcir et s'écraser contre sa braguette.

Il glissa un doigt dans l'échancrure moite de son sexe. Il la caressa, doucement, dessinant du bout de ses doigts humides le contour des lèvres gonflées et la petite pointe du clitoris. Elle laissa échapper un petit cri et ses hanches se mirent à onduler sous lui.

Puis il s'aventura plus profondément en elle et elle retint son souffle, emprisonnant sa main entre ses cuisses.

— Je te veux, Jade, dit-il avec ferveur.

Il se pencha sur sa cuisse pour y déposer un baiser, tandis que ses doigts accéléraient leur cadence.

— Je te désire. Je veux te prendre. Toute la nuit. De toutes les façons…

Elle s'immobilisa, puis elle ouvrit les yeux et il la sentit qui se raidissait. Elle le repoussa, doucement, mais fermement. Puis elle se redressa et s'assit, remettant sa robe en place.

— Quoi, demanda-t-il d'un ton vif. Que se passe-t-il ?

Elle avait les cheveux défaits, les joues roses et son rouge à lèvres était brouillé. Ses yeux verts brillaient, révélant sa passion.

— Je ne peux pas faire ça, dit-elle sur un ton affligé. *On* ne peut pas faire ça, se corrigea-t-elle, la respiration encore haletante. Je travaille pour toi. Pour *vous*. Je… Enfin, bredouilla-t-elle en faisant un geste vague de la main. Réfléchissez.

Il ferma les paupières un instant. Il savait depuis le début qu'ils en arriveraient là à un moment ou à un autre. Mais il la désirait tellement…

Elle se pencha vers lui.

— Si vous étiez quelqu'un d'autre, je n'hésiterais pas même un quart de seconde, dit-elle. Mais l'enjeu est trop important. Pour nous deux.

Il resta silencieux et elle avala sa salive.

— Je suis désolée, ajouta-t-elle.

— Non, ne soyez pas désolée. Vous avez raison.

Elle avança vers la porte, l'air emprunté, attendant qu'il se lève et la suive.

Il la rejoignit et s'arrêta avant d'ouvrir la porte.

— Je ne vous en veux pas. Je comprends vos scrupules. Mais j'aimerais vous dire quelque chose, avant de partir, dit-il d'une voix chaude et ardente. Je serais prêt à faire n'importe quoi, à renoncer à tout, pour me retrouver entre vos cuisses, pour vous prendre, vous posséder, vous faire l'amour jusqu'à l'aube.

Elle ferma les yeux et se pencha imperceptiblement vers lui. Elle était en train d'imaginer la scène. Il l'aurait juré.

Elle rouvrit les yeux.

— Y compris sacrifier les aciéries Robson ?

Ce fut comme un coup de poing dans la figure. Il secoua la tête d'un geste lent.

— C'est bien ce que je pensais. Nous avons bien trop à perdre, tous les deux, dans cette histoire, dit-elle avant de prendre une longue inspiration. Eh bien, reprit-elle d'une voix plus ferme, bonne nuit, donc.

Elle ouvrit la porte, sans le quitter du regard.

Il hocha la tête.

— Euh, à demain, alors.

Puis il fit deux pas, jusqu'à sa chambre, sortit la clé de sa poche et ouvrit la porte au moment où elle refermait la sienne.

Il referma la porte de sa chambre et, d'un geste stupide et gratuit, la frappa d'un grand coup du plat de la main. La douleur lui arracha une grimace, mais ce n'était rien, comparé à l'élancement de frustration qui sourdait dans tout son corps.

Je vendrais mon âme pour goûter à cette femme.

Il ferma les yeux, se frottant la main d'un geste absent.

Son âme ? Aucune femme ne lui avait jamais fait perdre la tête comme ça. Où donc était passé son self-contrôle ? Son sens critique ?

Bon sang, il n'allait quand même pas risquer de perdre les aciéries Robson à cause d'une poussée hormonale !

Il se dirigea vers la salle de bains avec l'intention de prendre une douche froide.

Il avait embauché Jade Morrow pour sauver les aciéries Robson. Elle était forte, bien plus qu'il ne l'aurait cru. Elle sauverait l'usine, y compris de ses propres bêtises.

Heureusement que l'un de nous deux a su garder la tête froide.

Il ouvrit l'eau à fond. Le jet était glacé. Il réunit tout son courage et se glissa sous la douche.

Il était 2 heures du matin et Jade n'avait toujours pas trouvé le sommeil. Cela faisait des heures qu'elle tournait et se retournait dans son lit, assaillie par la vision de Drew, de son corps musclé et chaud, de la sensation de ses doigts qui la pénétraient, de la perspective de son sexe qui en aurait fait autant, comme il le lui avait dit avant de quitter sa chambre.

Elle traça un chemin le long de son ventre, jusqu'à ses cuisses, faisant courir ses doigts sur son sexe, essayant de calmer le brasier qu'il avait allumé… Elle gémit.

Est-ce qu'il pense à moi ? A faire l'amour avec moi ?

Bon sang, elle ne parvenait pas à le chasser de ses pensées.

Elle enfouit sa tête dans son oreiller.

Elle avait pris la bonne décision. Même si son corps semblait rétif, pour l'instant, à toute forme de rationalisation.

Cela viendrait. Du moins l'espérait-elle.

Elle tourna encore une fois dans son lit, s'emmêlant dans les draps. Elle les repoussa d'un geste agacé et s'assit sur le bord du lit. Ce qu'il lui fallait, c'était un verre d'eau claire. Ou une douche froide. Les hommes semblaient toujours se tirer de ce genre de situations à l'aide d'une bonne douche froide.

Elle se leva, tâtonnant dans le noir en direction de la porte de la salle de bains. Elle l'ouvrit, les yeux toujours fermés, et chercha l'interrupteur à l'aveuglette.

La porte se referma derrière elle avec un *clic*. Elle ouvrit les yeux et les referma aussitôt, agressée par un flot de lumière. Elle n'était pas dans la salle de bains.

Elle était dans le couloir de l'hôtel. Nue.

Elle ouvrit grand les yeux cette fois. Dans cette chambre d'hôtel-ci, la salle de bains ne se trouvait pas à droite du lit... contrairement à celle de la nuit passée. Et, en y réfléchissant bien, contrairement à *toutes* les chambres dans lesquelles elle avait dormi ces derniers jours.

Dans cet hôtel-ci, la porte à droite du lit donnait dans le couloir.

Paniquée, elle regarda autour d'elle. Il n'y avait pas même un tapis par terre dans lequel elle aurait pu s'enrouler. Comment allait-elle faire pour demander de l'aide à la réception ?

Elle regarda, hébétée, le numéro affiché sur sa porte. Puis celui de la porte d'à côté. Celle de la chambre de Drew.

Sans réfléchir, elle se mit à frapper à la porte. Doucement. Puis avec insistance.

Il ouvrit, vêtu uniquement d'un caleçon, une expression contrariée sur le visage.

— Qu'est-ce que...

Il la dévisagea un court instant, les yeux exorbités. Elle l'ignora et s'engouffra dans sa chambre.

Il ferma la porte et se retourna juste à temps pour la voir disparaître sous ses draps.

— Vous avez changé d'avis ?

— Vous n'allez pas me croire, dit-elle en réapparaissant, enroulant le drap autour d'elle avant de se relever. Mais je me suis levée à moitié endormie pour boire un verre d'eau et je me suis trompée de porte et je me suis retrouvée dans le couloir et...

A cet instant précis, elle remarqua enfin la bosse énorme qui déformait le tissu de son caleçon. Son corps était tonique, musclé, tout comme elle l'avait deviné du bout des doigts. Ses yeux bleus brûlaient de désir.

— Je vous crois, répondit-il.

Elle avala sa salive.

Il s'avança vers elle, lentement, presque hésitant. Il la dévisageait avec une intensité presque palpable. La gorge nouée, elle sentit la brûlure qui sourdait entre ses cuisses se raviver et ses mains devenir moites. Il s'arrêta à moins d'un mètre d'elle. Elle pouvait sentir la chaleur de son désir qui émanait de son corps, mais il ne fit pas un geste. Il attendait son accord.

Tu sais ce que tu veux, Jade. C'est lui que tu veux.

Cette fois, elle ne l'arrêterait pas. C'était le destin. Elle ne s'opposerait pas à ce qui allait se passer. Elle en était incapable.

Il tendit la main vers le drap et elle desserra les doigts, laissant glisser le tissu sur sa peau. Nue devant lui, elle le défia du regard.

Il entrouvrit la bouche, esquissant un sourire riche d'espoirs et de promesses.

Elle prit une grande inspiration puis s'avança d'un pas. Elle tendit la main et tira sur son caleçon. Il glissa sur les jambes de Drew, tomba sur ses chevilles. Drew l'enjamba.

Ils étaient maintenant tous les deux nus, face à face. Elle le désirait avec une telle intensité qu'elle se sentait paralysée par l'indécision. Elle voulait le toucher, le goûter, partout. Elle ne savait par où commencer.

C'est lui qui fit le premier pas, penchant la tête vers l'avant pour l'embrasser dans le cou. La sensation de ses lèvres brûlantes contre sa peau était presque insupportable et elle sentit son cœur s'emballer dans sa poitrine. Elle l'attrapa par la taille tandis que ses baisers se faisaient plus insistants. Il l'entraîna vers le lit et l'allongea devant lui, tout en continuant de l'embrasser.

Les lèvres de Drew tracèrent un sillon sur sa gorge, jusqu'à la pointe de ses seins. De temps à autre, le sexe en érection de Drew entrait en contact avec sa chair et Jade gémissait de désir et de frustration. Les doigts de Drew s'agitèrent à leur tour, dessinant de petits cercles sur son ventre tandis qu'il léchait et aspirait les petites pointes durcies de ses seins.

Elle se cambra et l'attrapa par la nuque, emmêlant ses doigts dans ses cheveux.

La bouche de Drew continua sa descente, effleurant la courbe de ses hanches, s'arrêtant à l'orée de sa toison. Ses doigts plongèrent dans sa fente humide et il commença à aller et venir d'une main, glissant le long des petites lèvres moites de son sexe et stimulant sa chair vibrante. Son autre main agrippait fermement sa cuisse.

Soudain, il retira sa main et elle cria de frustration… jusqu'à ce qu'elle sente la caresse brûlante de sa bouche entre ses cuisses. La pointe de sa langue trouva son clitoris et il parcourut goulûment son sexe bombé par le désir, s'enivrant de la senteur musquée de sa féminité. Le plaisir la saisit brusquement et elle cria, abasourdie par la violence de son plaisir. Elle serra les cuisses, gémissant, balançant les hanches pour devancer la caresse de sa bouche. Haletante, elle se débattait et se tordait sous l'afflux des sensations.

Elle avait atteint le bord de l'abîme lorsqu'il se retira.

— Pas tout de suite, chuchota-t-il. Je veux que cela dure.

Elle se sentait proche de la folie, le corps couvert d'une fine pellicule de sueur. Une boule de feu s'était emparée de son ventre. La jonction de ses cuisses était brûlante de désir et douloureuse de frustration.

Mais Jade était une femme qui savait ce qu'elle voulait et que l'on ne détournait pas facilement du but qu'elle s'était fixé. Elle s'assit et posa les yeux sur le sexe en érection de Drew, ce membre dur, brûlant et lourd de promesses.

— Préservatif, exhala-t-elle. Je te veux en moi. Tout de suite.

Il lui sourit et tendit la main vers le tiroir de la table de nuit, d'où il retira un petit paquet emballé. Elle le lui prit des mains et déchira l'emballage d'un coup de dents. Elle saisit le préservatif et força Drew à s'allonger sur le lit. Il continua de sourire… jusqu'à ce qu'elle déroule le préservatif sur son sexe, le caressant sur toute la longueur. Elle le serra doucement entre ses doigts. Il ferma les yeux et laissa échapper un petit grognement sourd.

Elle voulait lui faire subir la même montée lente du plaisir mêlée à l'attente, mais elle se sentait trop impatiente, affamée de le sentir en elle.

Elle s'allongea sur lui, frémissant lorsque les poils du torse de Drew frôlèrent ses seins à la sensibilité exacerbée. Elle retint son souffle. Il se trouvait tout contre son sexe, qui l'attendait, humide et ouvert, prêt à l'accueillir.

— Jade, gémit-il, agrippé à ses hanches, l'attirant vers le bas.

— Je le veux, répéta-t-elle à voix haute. Je *te* veux.

Au même instant, il la pénétra, l'emplissant tout entière. Mais c'était comme si c'était elle qui le possédait, l'attirant au plus profond d'elle-même, jouant de ses muscles pour lui arracher des cris de plaisir. Elle cria à son tour lorsqu'il se mit à bouger et elle se cambra pour accompagner le mouvement.

— Humm, c'est *bon*, dit-elle d'une voix rauque, balançant ses hanches en rythme. C'est *tellement* bon.

— Je savais que ça serait comme ça, répondit-il d'une voix rauque.

Puis il se souleva et s'assit. Il l'embrassa et elle enroula ses jambes autour de sa taille, assise sur ses genoux. Il la prit par les fesses et la fit aller et venir sur son sexe. La caresse de son torse contre ses seins, le frottement de son sexe sur son clitoris… les sensations commencèrent à la submerger et elle accéléra le mouvement, s'empalant chaque fois plus profondément, libérant une vague de plaisir à chaque mouvement.

— Oh, fit-elle en penchant la tête sur le côté. Oh, oui. Oui, oui, oui, cria-t-elle en le mordillant doucement dans le cou.

Elle sentit l'orgasme qui montait et la submergeait, d'abord lentement, puis qui se propageait dans tout son corps comme des langues de feu. Elle s'accrocha à lui comme à une bouée de sauvetage tandis qu'il se cambrait sous elle et l'attirait contre lui, jouissant à son tour, criant avec elle.

Il se laissa aller en arrière et elle s'affala sur lui. Il bougea doucement et elle le laissa s'échapper avant de rouler sur le dos à ses côtés.

C'était bon. Non. C'était fantastique.

Elle ferma les yeux, souriant. Il avait dit qu'il savait que ce serait ainsi. Si *elle* avait su, jamais elle n'aurait dit *non* la première fois.

— A en croire ton expression, ça n'était pas si mal, dit-il d'une voix chaude et vibrante, avec un brin d'arrogance.

Elle ouvrit les paupières et lui jeta un rapide coup d'œil.

— Je déteste les hommes qui se vantent, dit-elle avec un petit sourire en coin. Même s'il y a de quoi.

Il lui sourit… puis ouvrit le tiroir de la table de nuit duquel il sortit une boîte pleine de préservatifs. Cette fois, elle écarquilla les yeux.

Il revint vers elle et se mit à l'embrasser longuement, résolument. Elle s'était crue épuisée, mais elle sentit son corps se réveiller.

L'excitation monta et elle tendit la main, haletante, vers la boîte de préservatifs.

— Je promets que je ne me vanterai pas, cette fois.

Elle commença à dérouler le préservatif sur son sexe. Elle laissa échapper un petit cri de surprise lorsqu'il la pénétra. Il était dur comme un roc.

— Cette fois, murmura-t-elle contre son oreille tandis qu'il recommençait à aller et venir en elle, libérant un nouveau torrent de sensations, je promets que je te laisserai faire.

Drew se réveilla le premier. La pièce était plongée dans le noir absolu comme seule peuvent l'être les chambres d'hôtel avec leurs rideaux opaques. Il tendit la main en travers du lit et rencontra des courbes douces et soyeuses. Celles de Jade.

Les souvenirs de leur nuit d'amour le submergèrent. Il vint se coller à elle, l'enlaça par la taille et l'embrassa doucement dans le cou.

— Bonjour, murmura-t-il.

Il la sentit se raidir. Elle était réveillée.

— Je n'en reviens pas d'être ici, murmura-t-elle à son tour.

Son corps était tendu, lointain. Rien de commun avec ce qu'il avait connu cette nuit.

— Moi non plus. Mais je ne m'en plains pas.

Elle ne lui répondit pas et, après une minute, il l'interrogea, inquiet.

— Jade ? Tu regrettes ?

Elle ne le rassura pas immédiatement et il sentit l'anxiété le gagner. Elle alluma une lampe de chevet et il ferma les yeux, grommelant. Lorsque ses yeux se furent habitués à la lumière, il vit qu'elle le contemplait, la chevelure en bataille, un drap enroulé autour de sa poitrine, avec, dans le regard, un je-ne-sais-quoi d'incertain.

— Je ne m'en plains pas, finit-elle par dire à son soulagement. Mais je ne vais pas non plus me féliciter. Ce n'était pas très malin.

Il serra les dents.

— Je ne vois pas où est le problème.

Elle repoussa une mèche folle qui lui tombait devant les yeux et, l'espace d'un court instant, le tissu glissa, révélant la douceur rebondie d'un sein. Il n'eut pas le temps de se délecter de la vision que, déjà, elle avait remonté le drap.

— Le problème, c'est que cela nous distraie. Je le savais lorsque je t'ai repoussé, hier soir, la première fois. Je ne vais pas me répéter.

— De toute façon, c'est trop tard pour revenir en arrière, déclara Drew d'une voix ferme en essayant de l'attirer vers lui.

Mais elle se déroba et se mit debout. Il tira sur le drap et elle résista. Ils luttèrent un instant et puis elle céda. Le drap glissa et elle se retrouva nue devant lui.

Il la contempla, le souffle coupé. Elle était magnifique. Elle croisa les bras sur la poitrine et le regarda d'un air sévère.

— Je sais qu'on ne peut pas effacer ce qui s'est passé, dit-elle. Mais c'est un élément nouveau dont il va falloir tenir compte. Avant tout, il ne faut pas que cela se sache.

— Zut ! Et moi qui comptais appeler Ken sur-le-champ pour lui donner tous les détails, ironisa Drew en secouant la tête. Bon sang, Jade, pour qui me prends-tu ?

— Tu sais très bien ce que je veux dire, répliqua-t-elle, les yeux verts brillant d'une intensité qu'il ne sut décrypter. Je ne voudrais pas que quelqu'un pense que je suis une... que tu m'as recrutée pour...

Elle désigna le lit d'un geste vague et il comprit qu'elle était au bord des larmes. Elle semblait désarçonnée. Il ne l'avait jamais vue aussi indécise.

Il s'assit au bord du lit et tendit la main vers elle. Elle le regarda sans bouger. Il se leva alors et, malgré sa réticence, l'attira vers le lit et la serra contre lui.

— Je suis sérieuse, tu sais !

Elle se débattit et il la serra un peu plus fort.

— Je sais, répondit-il avec fermeté. Je n'en parlerai à personne. Et je ne t'ai *pas* embauchée pour faire l'amour avec toi. Alors arrête de penser à ça.

Il sentit qu'elle se détendait.

— Je sais. Mais ce n'est pas ce que les autres penseront.

— Je sais être discret. Personne n'en saura jamais rien. Je te le promets.

Elle se laissa aller contre lui sans dire un mot. Puis, après un long moment, elle se tourna vers lui et le regarda au fond des yeux.

— C'est la première fois que ça m'arrive, tu sais. Cela va à l'encontre de tous mes principes.

Il la serra contre lui le cœur empli par un instinct de protection mais le corps déjà émoustillé de la sentir nue contre lui. Il s'efforça d'ignorer la tension qui s'installait dans son sexe.

— Je ne te dirai pas que je suis désolé, parce que ce ne serait pas vrai. Mais je te promets que je ferai tout mon possible pour ne pas tout gâcher.

— Notre marché, tu veux dire ? Pour la boîte ?

Il hésita un court instant, ne sachant trop lui-même s'il pensait à son usine ou bien à leur relation. Mais il savait ce qu'elle voulait entendre.

— Oui, pour la boîte.

— Bien, dit-elle en prenant une longue inspiration. Alors on se retrouve dans deux heures. Et nous allons passer la journée, pendant le trajet, et au dîner, à étudier les dossiers des Pétroles Reardon et des Matériaux Johnson.

Il lui sourit. C'était bien là la Jade qu'il connaissait. Forte comme un roc au milieu de la tempête. Mais maintenant qu'il connaissait la vulnérabilité qu'elle camouflait sous ses airs de dure, il ne l'en aimait que plus.

— Comme tu veux. C'est toi la prof.

— Alors je vais y... eh !

Elle essaya de lui échapper, mais il l'attira contre lui.

— Allez, Drew, il ne nous reste que deux heures avant de partir. Je dois faire mon sac, me doucher, m'habiller. Et il ne faut pas sauter le petit déjeuner si on veut tenir toute la journée.

Il accueillit ses remarques avec un sourire moqueur et la retourna avant de la clouer sur le matelas.

— Drew !

— On a deux heures pour en profiter.

Il écarta ses jambes avec ses genoux et s'allongea sur elle.

— Voilà exactement ce que je craignais, dit-elle l'air mi-contrarié, mi-amusé. On est en train de se laisser distraire.

— Je l'espère bien, répliqua-t-il d'une voix vibrante.

Elle laissa échapper un petit gémissement de plaisir et il frotta son sexe durci contre son entrejambe humide. Il frissonna.

— Laisse-moi te faire l'amour encore.

— Drew, dit-elle d'une voix incertaine. Nous n'avons remporté que quelques marchés. Ce n'est pas suffisant pour sauver Robson. Nous devons travailler dur. Maintenant, plus que jamais. Ce serait sans doute très amusant de faire l'amour, mais es-tu sûr de vouloir sacrifier ton usine ?

Il s'immobilisa, comme en suspens, écartelé entre ce que la raison lui dictait et les sensations que lui procurait son corps nu et soyeux tout contre le sien.

L'espace d'un court instant, il pensa *Au diable Robson !* Il la désirait plus que jamais. Une nuit avec elle ne l'avait pas rassasié, bien au contraire.

Il essaya de lire dans ses yeux.

— Je vois. Est-ce que tu veux que nous décidions que c'était juste une aventure d'une nuit et qu'il est temps de se remettre au boulot ?

Il fut gratifié par son air à la fois choqué et peiné, mais elle se reprit vite.

— Si c'est ce que tu souhaites, cela me semble parfait, déclara-t-elle d'une voix étonnamment calme. Je crois que c'est la bonne décision.

— Alors il n'y a rien à ajouter.

Il la libéra en roulant sur le dos et elle se leva sans le regarder. Il aurait tellement aimé qu'elle lui dise : *Non. Finissons ce que nous avons commencé. Donnons-nous encore une heure.*

— Très bien. Alors je vais appeler la réception, déclara-t-elle. Ça ne t'ennuie pas, si je t'emprunte un T-shirt et un caleçon ?

Il lui désigna sa valise ouverte de la main. Puis, il se leva à son tour et se dirigea vers la salle de bains. Il l'entendit décrocher le téléphone au moment où il fermait la porte.

7.

— Jade ! Quel plaisir de t'entendre ! Comment cela se passe-t-il ? demanda Betsy avec enthousiasme. J'étais justement en train de lire les mails que tu m'as envoyés ces derniers jours et ils sont tous envoyés à des heures vraiment tardives. Tu es encore debout à 2 ou 3 heures du matin ?

— Euh, j'ai eu du mal à dormir, ces derniers jours. Je me couche tard et… et j'en profite pour travailler.

— J'ai vu. Bravo. Je dois dire que tu m'impressionnes, Jade. Tu auras bien mérité ta promotion. Tu sais qu'on parle de toi pour démarcher de nouveaux clients sur la scène internationale ? Les projets ne manquent pas. Mais nous en parlerons dès que tu en auras terminé avec ta petite tournée dans le désert…

Jade sentit une boule se former dans son ventre. Tout allait pour le mieux, alors ?

— A ce sujet, continua sa patronne, comment se passe le petit stage de technique de vente de M. Robson ? Est-ce qu'il fait des progrès ? C'est à cause de lui que tu te couches aussi tard ? Tu ne fais pas du zèle, quand même, Jade ?

Jade se mit à penser à Drew. Une vague de chaleur irradia brusquement tout son corps et des images de la nuit qu'ils avaient passée ensemble lui revinrent à la mémoire.

— Il… il s'en sort très bien, bredouilla-t-elle.

140

— Est-ce que tu réussis à le *former* efficacement ?

— Il s'en sort très bien, répéta-t-elle comme un automate.

Que voulait dire Betsy ? Est-ce qu'elle se doutait de ce qui se passait entre eux ?

— Il a beaucoup appris, élabora-t-elle après une pause. Il a réussi à remporter de gros contrats par ses propres moyens et nous avons commencé à travailler sur sa présentation pour les investisseurs. Il est très doué.

C'était un euphémisme. Cela faisait une semaine et demie que Drew s'était totalement immergé dans le travail. Un véritable drogué. Il avalait les chiffres, les graphiques et les courbes comme un affamé. Il passait tout son temps à étudier les documents qu'elle lui fournissait, les mémorisait et les analysait avec une facilité déconcertante.

Cela faisait également une semaine et demie qu'il ne l'avait pas touchée, si ce n'est par mégarde — leurs bras s'effleuraient dans l'ascenseur, sa poitrine caressait accidentellement son dos lorsqu'il se glissait derrière elle pour atteindre son siège dans une salle de conférences...

Il respectait leur accord.

Mais le fait qu'il ne la touchait pas la rendait au moins tout aussi folle que s'il l'avait touchée, ce qui montrait bien que c'était elle qui avait un problème.

De son côté, il paraissait tout à fait serein.

— Eh bien, tout me semble parfait, déclara Betsy. Continue de me tenir au courant. Et n'oublie pas. Si tu l'emballes, tu as ta promotion ! A toi de nouveaux horizons !

Jade répondit par un petit rire avant de prendre congé de Betsy et de raccrocher. Puis elle se laissa aller sur son lit, pensive.

Elle était en train de devenir obsédée. Elle n'avait jamais rien ressenti de tel pour un homme. Elle avait toujours aimé faire l'amour, ce n'était pas nouveau. C'était amusant, énergisant. Mais jusqu'à ce jour, rien n'avait jamais été plus important pour elle que son travail. Et voilà qu'elle ne réussissait plus à se concentrer.

Le moment était mal choisi. A en croire Betsy, la promotion dont elle avait toujours rêvé était à portée de main.

Elle devait se ressaisir.

Jade et Drew étaient assis dans le hall de réception de Ty Reardon, magnat du pétrole, l'un des plus riches clients de Robson. Ils avaient traversé le Nouveau-Mexique et se trouvaient maintenant au Texas… c'était leur dernier arrêt avant de reprendre la route pour San Angelo. Demain, ils feraient étape dans le Nevada, puis ils traverseraient la Californie et retrouveraient leur point de départ.

Dehors, le paysage était désertique, l'air chaud et sec. On avait l'impression de se trouver au milieu de nulle part. Mais Reardon y avait construit un bâtiment luxueux, une sorte de palais en plein désert, dont il était incontestablement le roi. Cette vente était primordiale pour Robson. Drew savait qu'il devait donner le meilleur de lui-même.

Il étira discrètement sa nuque, essayant de dénouer ses muscles. Au moins, il était venu préparé. Cela faisait plusieurs jours qu'il potassait ses dossiers. Il ne faisait d'ailleurs plus que ça.

La tension était à son comble. Il y avait les longues heures passées sur la route, bien sûr. Mais ce qui l'achevait, c'était la frustration sexuelle. Tout ce temps passé aux côtés de Jade sans pouvoir la toucher.

Le plus étonnant, c'était qu'elle semblait parfaitement à l'aise. Ils travaillaient dur, mais ils partageaient aussi de bons moments, à table ou dans la voiture, à plaisanter. Mais c'était comme si elle avait tiré un trait sur ce qui s'était passé entre eux.

Il se tourna vers Jade. Elle portait une jupe plus courte que d'habitude. Peut-être avait-elle épuisé sa garde-robe professionnelle ? Ou peut-être était-ce la chaleur qui l'avait poussée à se vêtir ainsi. En tout cas, il ne l'avait pas vue dans une jupe aussi courte depuis qu'il lui avait fait cette remarque stupide sur sa tenue sexy, lors de leur première rencontre. Il ne put s'empêcher de regarder ses jambes. Comme elles étaient fines et galbées ! Ses talons hauts lui donnaient une allure encore plus féminine. Il y avait quelque chose de différent, en elle, aujourd'hui. Quelque chose de féroce. Etait-elle en train de travailler sur le dossier d'un nouveau client ?

Il soupira.

Dès qu'ils en auraient terminé avec la présentation pour les investisseurs, il ferait en sorte qu'elle se concentre sur *lui*. Mais pour le moment, il devait d'abord penser à l'usine. Et aux contrats qu'ils devaient signer.

— Tout va bien ? lui demanda-t-il. Tu es bien calme, aujourd'hui.

Il l'étudia en silence. Elle avait tiré ses cheveux en arrière et ils mettaient en valeur son visage en forme de cœur.

Elle lui rendit son regard.

— Je vais très bien, répondit-elle d'une voix suave.

Il déglutit.

— Ah… bon, parfait.

Une secrétaire apparut.

— Si vous voulez bien emprunter l'ascenseur jusqu'au vingt-troisième étage, dit-elle, M. Reardon vous attend dans la salle de direction.

— Parfait, dit Drew.

Jade adressa un simple sourire à la secrétaire et ils se dirigèrent vers l'ascenseur. Etait-ce lui qui se faisait des idées ou il y avait un je-ne-sais-quoi de coquin dans le balancement de ses hanches aujourd'hui ?

Les portes se refermèrent.

— On touche au but. Après ça, on rentre en Californie. Et on affronte les investisseurs.

— Hum, hum, dit-elle sur le ton de l'assentiment, les yeux fixés sur les numéros des étages qui défilaient devant eux.

— Aujourd'hui, c'est vraiment une vente importante. Mais je crois que nous sommes fin prêts, dit-il pour meubler le silence.

Comme elle était étrange. Elle était si sereine, d'habitude. Impassible. Et là…

Elle appuya soudain sur le bouton d'arrêt d'urgence. L'ascenseur s'immobilisa brusquement.

— Que fais-tu ?

Elle ne lui répondit pas. Elle laissa tomber son attaché-case par terre et le coinça contre la paroi de l'ascenseur.

Elle avait les yeux grands ouverts et sa respiration était haletante. Avant même qu'il ait pu réagir, elle plaqua sa bouche sur la sienne, jouant de sa divine langue. Le corps de Drew réagit instantanément — cela faisait plus d'une semaine qu'il essayait de contenir sa frustration. C'était comme s'il reprenait soudain goût à la vie. Il la serra contre lui en gémissant et ne put s'empêcher de glisser une main sous l'ourlet de cette jupe si courte. Ses bas s'arrêtaient à mi-cuisses, laissant exposée toute une étendue de peau satinée.

Au diable Reardon ! Au diable, l'usine ! Sa petite culotte en dentelle était humide de désir et il plongea dessous avec avidité. Elle se frotta encore contre lui, étouffant ses gémissements par ses baisers.

Puis, soudain, elle recula.

— Tu te demandes sans doute ce qui me prend, dit-elle d'une voix haletante.

— Heu, oui, répondit-il avec une petite grimace en essayant de reprendre le contrôle de ses sens. Je croyais que tu pensais…

— Je sais, dit-elle en allant s'appuyer contre la paroi opposée. Je ne voulais pas vraiment faire ça… maintenant. Enfin, je veux dire, je voulais faire ça aujourd'hui, mais plus tard. Et puis…

Il attendait.

— Et puis quoi ? demanda-t-il en jetant un coup d'œil autour de lui. Tu as un truc pour les ascenseurs, c'est ça ?

— J'avais envie de toi, dit-elle avec une calme assurance. Même si je t'ai dit que c'était une mauvaise idée. Ça n'a fait qu'empirer depuis.

Elle leva les yeux au plafond, cherchant ses mots. Puis elle le regarda de nouveau. Ses yeux verts avaient pris une teinte plus sombre, plus grave.

— Je n'ai jamais ressenti ça pour personne. J'aime passer du temps avec toi, mais ce n'est jamais assez. J'ai du mal à dormir, mais, quand je m'endors… je rêve de toi. De nous. De nous deux en train de faire l'amour…

Il ferma les yeux, assailli à son tour par des images érotiques. Ces derniers jours, il avait ressenti la même chose, mais de l'entendre, elle, lui raconter ça de sa voix chaude et sexy… c'était plus qu'il n'en pouvait supporter.

— Jade, dit-il enfin en rouvrant les yeux, le corps tendu par le désir. Moi aussi je veux faire l'amour avec toi. Mais je… pas maintenant !

Il la regarda avec intensité.

— Tu comprends, n'est-ce pas ?

— Bien sûr, dit-elle avec un sourire mélancolique. Je te promets que je voulais attendre après la réunion. Je suis désolée.

Il ne voulait pas qu'elle soit désolée. Et il n'avait pas la moindre envie de se rendre à cette réunion. L'espace d'un fol instant, il s'imagina remettre en route l'ascenseur et redescendre au rez-de-chaussée pour la ramener à l'hôtel…

— Demain, on fait étape à Las Vegas, dit-il soudain. Après Reardon, notre périple est terminé. Au diable les motels, je t'invite dans l'un des plus beaux hôtels de Vegas. On a bien mérité une journée de vacances, non ? Qu'en dis-tu ?

Elle lui sourit et remit en marche l'ascenseur en libérant le bouton d'arrêt d'urgence. Elle tira sur l'ourlet de sa jupe, ravissant de sa vue ses cuisses gainées de voile noir avec un clin d'œil coquin.

— Va pour Vegas, répondit-elle, à condition qu'il y ait un Jacuzzi dans la chambre.

Les portes de l'ascenseur s'ouvrirent soudain et ils débouchèrent sur le palier du vingt-troisième étage, comme si de rien n'était.

— Drew ? demanda Jade juste avant qu'ils ne pénètrent dans la salle de direction.

Il se tourna vers elle.

— Oui ?

Elle se pencha vers lui et il sentit son souffle lui chatouiller l'oreille.

— Tu crois que tu peux te dépêcher ?

Il jeta un rapide coup d'œil à sa montre.

— Ty Reardon ne va pas en revenir. Ça va être là vente la plus rapide à laquelle il ait jamais assisté.

Ils avaient à peine fait trois pas dans la chambre de Drew qu'ils étaient déjà enlacés. Elle sentit qu'il repoussait la porte derrière eux tandis que sa bouche cherchait la sienne.

— C'était rapide, en effet ! dit-elle en riant.

Il l'embrassa sauvagement avant de reprendre son souffle.

— Je lui ai fait quelques concessions. Je crois qu'il s'est rendu compte que j'étais pressé, dit-il en lui souriant. Je lui ai dit que c'était une urgence et qu'il fallait que je rentre le plus vite possible. Que c'était vraiment très, très important.

Elle sentit une vague de chaleur naître dans sa poitrine et irradier dans tout son corps. Elle s'attaqua aux boutons de sa chemise tandis qu'il essayait de défaire ceux de son chemisier et leurs doigts s'emmêlèrent dans la précipitation. Ils éclatèrent de rire, impatients, haletants.

— J'ai tellement eu envie de faire ça, dit-il en l'embrassant entre deux mots.

— Je sais, je sais, répondit-elle en réussissant enfin à défaire sa chemise et en tirant sur les pans pour la faire passer par-dessus ses épaules. Les manches restèrent coincées à ses poignets. Elle ne prit pas la peine de les défaire et se pencha sur lui pour le mordiller dans le cou. Sa peau était brûlante, son odeur terriblement mâle et sensuelle.

— Prends-moi, Drew.

Il se débarrassa de sa chemise sans prendre la peine d'en déboutonner les poignets, déchirant le tissu d'un geste brusque. Il était torse nu, comme cette première fois où elle avait frappé à sa chambre d'hôtel. Il l'avait alors toisé avec un air de défi. Mais aujourd'hui, l'expression sur son visage était féroce. Et affamée.

— Je te rachèterai un chemisier, dit-il en lui arrachant sa blouse, déchirant les boutons du devant.

Normalement, cela aurait dû la rendre furieuse, mais elle n'était plus dans son état normal. Elle se sentait primale, sauvage. Elle le désirait. Elle voulait elle aussi lui arracher ses vêtements. Elle fit courir ses mains sur son pantalon, s'attardant un court instant sur la bosse qui déformait sa braguette. Il rugit et ferma les yeux, le visage crispé par le désir. Elle défit sa braguette et baissa son pantalon, s'attaquant d'une main impatiente à son caleçon. Il remonta sa jupe sur ses hanches et la cala contre le mur. Puis il la souleva.

— Ah, Drew, dit-elle en haletant.

Elle se tortilla pendant qu'il tirait sur ses bas, les arrachant. Sa petite culotte en dentelle était trempée de désir. Drew glissa ses doigts sous le fin tissu et elle crut qu'elle allait défaillir. Elle se mit à gémir, frottant son sexe contre ses doigts agiles.

— Le préservatif ! Vite !

Elle enroula ses jambes autour de sa taille et il laissa échapper un son rauque. Il la porta jusqu'à la table et la posa sur le bord. Le sexe dur de Drew vint se loger contre ses boucles moites et tout son instinct la poussa à aller au-devant de lui. Seul un reste de raison la retint.

— Dépêche-toi, chuchota-t-elle en le tirant vers elle tandis qu'il déchirait le petit emballage.

Enfin, il enfila le préservatif. Il plongea aussitôt en elle, lui arrachant un petit cri. Elle était prête, chaude et humide, et il la pénétra d'un seul mouvement, l'emplissant tout entière.

— Drew !

Il la souleva, mais ne l'emmena pas sur le lit. Non, il la cala contre le mur, allant et venant en elle avec une frénésie toute animale qui l'excita encore plus. Elle l'entoura de ses jambes, l'attirant plus profondément, rejetant la tête en arrière. Il prit dans ses mains ses seins encore enserrés dans le soutien-gorge et laboura son sexe d'un rythme sûr et puissant.

— C'est… tellement… bon ! parvint-il à articuler les mâchoires serrées, le corps en transe.

Elle se tint à lui, mordant son cou, montant et descendant pour s'empaler encore sur son membre en érection. Le souffle coupé, il l'agrippa par les hanches et la fit aller et venir. Elle l'embrassa à pleine bouche et elle n'aurait su dire ce qui l'excitait le plus, de la langue de Drew fourrageant dans sa bouche ou de son sexe fouaillant le sien. La sensation était hypnotique. C'était presque plus qu'elle n'en pouvait supporter.

— Je ne veux plus que tu dises que c'est mal de faire ça, dit-il, allant et venant en elle. Ce que je ressens pour toi ne peut être mal.

— Non, dit-elle en accompagnant ses mouvements. Non, ce n'est pas mal. Oh oui, encore, plus fort !

— Oui ! dit-il en posant son front sur son épaule.

Il allait et venait, plus fort, plus vite, plus profond. Son sexe était brûlant et dur comme un roc, ses mouvements sûrs. Jade sentit les vagues de plaisir qui commençaient à affluer, prenant leur source à la jointure de leurs deux corps et se déversant en elle comme des ondes de choc.

— *Drew !* cria-t-elle en s'accrochant à lui, le corps tendu par la violence de l'orgasme.

Il ne ralentit pas la cadence, bien au contraire.

— Jade… Jade ! rugit-il à son tour, assénant de grands coups de boutoir tout en la maintenant contre le mur.

Elle sentit monter une nouvelle vague de plaisir.

Au bout d'un moment, il la souleva et la transporta sur le lit, s'affalant à côté d'elle. Elle rebondit et poussa un petit cri de surprise avant de se mettre à rire, faiblement.

— Tu vas me tuer, marmonna-t-elle. Nous allons tous les deux y passer ! ajouta-t-elle avant de l'embrasser tendrement.

— Mais on ne va pas s'arrêter, hein ? On va continuer ? demanda-t-il.

Ce n'était pas une question en l'air. Elle l'observa du coin de l'œil. Ses cheveux trempés de sueur collaient à son front… et ses yeux clairs trahissaient son émoi. Il ne voulait plus entendre parler d'éthique professionnelle. Ni de ses raisons. Il n'y avait plus de barrières, plus de regrets.

— Oui, murmura-t-elle dans un souffle. On va continuer.

8.

L'heure de vérité était arrivée.

Après trois semaines sur la route et quelques jours de bachotage intense à San Angelo pour préparer la présentation, ils avaient enfin atteint le moment fatidique. L'avenir des aciéries Robson se jouait ici et maintenant. Et celui de Jade aussi, par la même occasion. Si l'entreprise Inesco décidait d'investir dans celle de Drew, celui-ci pourrait alors signer un chèque à Michaels & Associés et elle, Jade, aurait sa promotion. Dans le cas contraire, Robson mettait la clé sous la porte et Jade pouvait aller pointer au chômage.

Elle prit place à la table de conférence à côté de Ken Shimoda. Mme Packard avait préparé le café. Les investisseurs étaient réunis à l'autre bout de la table et paraissaient en grande conversation.

— Ne vous inquiètez pas, dit Ken à Jade avec l'air de vouloir se convaincre lui-même. Tout va bien se passer. Drew et vous, vous avez fait du très bon travail. Ça va aller. Ça va bien se passer.

— Ken ?

Il se tourna vers elle, le regard affolé.

— Oui ?

— Passez au déca.

Il lui sourit faiblement et elle se leva pour rejoindre Drew qui était en train de vérifier les transparents qu'il allait utiliser lors de sa présentation.

— Comment ça va, chef ?

Il leva les yeux vers elle et elle ne put s'empêcher de penser à la façon nonchalante dont il l'avait prise dans ses bras, ce matin... le regard encore ensommeillé et déjà ardent qu'il lui avait lancé en lui grimpant dessus avant de lui souhaiter bonjour comme lui seul savait le faire. Elle frissonna jusqu'à la plante des pieds en y repensant.

— Personne ne s'est plaint jusqu'à présent, répondit-il à voix basse, le regard pétillant.

Il se souvenait, lui aussi.

— Bien, surtout, ne te laisse pas déconcentrer, dit-elle. Comprends-moi bien, je te fais entièrement confiance. Je n'ai pas le moindre doute sur ton exposé. Mais disons quand même, pour te motiver, que lorsque tu en auras fini avec eux et que tu pourras enfin te détendre, j'assouvirai tes fantasmes les plus secrets...

— Ne me tente pas juste avant ma réunion, lui répondit-il en chuchotant.

Mais ses yeux pétillaient, d'un mélange d'humour et de sensualité.

— Ah, et encore une chose, ajouta-t-il.

— Oui ?

— Je t'aime, déclara-t-il. Au cas où j'oublierais de te le dire plus tard.

Elle crut que son cœur s'était arrêté de battre dans sa poitrine. Puis il repartit à un rythme affolant.

— Qu'est-ce que tu viens de dire ?

— Chut, lui répondit-il avec un sourire malicieux. Je dois y aller.

Et, sur ce, il avança vers la grande table.

— Bien, je crois que tout le monde est là, dit-il d'une voix calme. Je vous propose de commencer la réunion.

Jade resta paralysée l'espace d'une seconde, comme assommée.

Il l'aimait. Il venait de lui dire qu'il l'aimait.

Il venait de le lui dire, juste avant de commencer la réunion la plus importante de sa carrière. Alors qu'elle ne pouvait rien lui répondre, ni lui poser de questions, ni même y réfléchir vraiment.

Elle regagna sa place.

Quand ce sera terminé, je l'étranglerai.

Elle regarda au bout de la table, là où il s'était assis. Il lui fit un petit sourire en coin.

— Ce dont nous allons discuter aujourd'hui, c'est de la possibilité pour Inesco d'investir dans les aciéries Robson. A l'issue de cette réunion, vous devriez disposer de toutes les informations pour comprendre pourquoi Inesco a tout intérêt à investir dans notre usine… Ce que nous avons à vous offrir, le type de flexibilité dont vous disposerez et quelles pourront être les relations entre les aciéries Robson et Inesco.

Ne va pas trop vite, pensa Jade.

Il paraissait décontracté et dégageait une impression de confiance en lui, ce qui était important. Il ne stressait pas.

Son débit redevint lent et agréable.

Parfait, pensa-t-elle. Il s'en sort parfaitement.

Il m'aime.

Elle essaya de ne pas y penser. Non pas qu'elle puisse faire grand-chose, vu qu'elle n'était pas censée prendre la parole lors de cette réunion. Mais elle comptait bien l'écouter attentivement et donner un petit coup de coude à Ken si c'était nécessaire. Elle avait aidé à orchestrer la présentation. Elle la connaissait dans ses moindres détails, ses moindres anecdotes, ses moindres arguments. Elle en savait plus sur l'acier qu'elle n'aurait jamais pu l'imaginer.

Il m'aime.

Il était superbe. Debout, au bout de la table, il avait l'air d'un patron à la tête de millions de dollars, pas d'un pauvre sidérurgiste au bord de la faillite tendant l'escarcelle pour ne pas sombrer.

Il était beau à croquer, qui plus est.

Il m'aime. Et je l'aime.

Elle qui prévoyait toujours tout, voilà bien une chose qu'elle n'avait pas anticipée…

Il avançait maintenant dans son argumentaire, devançant les questions comme un vrai pro. Elle n'aurait jamais cru qu'elle serait un jour capable de s'ouvrir ainsi et d'accorder sa confiance à quelqu'un au point de l'aimer. Mais il était sans doute le meilleur homme — la meilleure personne — qu'elle ait jamais rencontré. Lorsqu'elle avait mal, il tentait de la soulager. Il était à l'écoute. Il lui avait fait confiance au point de lui confier l'avenir de son entreprise, ce qui, à notre époque, revenait presque à lui remettre sa propre vie entre les mains.

Il m'aime.

Elle se sentait juste un peu terrifiée à l'idée de ce que cela signifiait pour la suite.

Est-ce qu'il veut que je reste avec lui ? Et si ma promotion inclut de nombreux déplacements ? Est-ce qu'il sera d'accord ?

— Si vous investissez dans Robson, vous bénéficierez des avantages suivants…

Drew se concentrait sur les avantages.

C'était un homme honnête. Loyal. Sincère. Il est attentif aux besoins des autres. Attentionné.

154

Le patron d'Inesco était un homme aux cheveux sombres qui parlait peu — il laissait son adjoint s'exprimer. L'adjoint en question était un homme plus jeune, d'allure assez massive, avec une coupe de cheveux en brosse et un air de pit-bull. Il essayait sans cesse de piéger Drew, mais Drew maîtrisait son sujet. Il ne se laissait pas faire.

Quant à elle, tout ce qu'elle pouvait faire, c'était de se retenir de taper du pied par terre ou de se dandiner sur sa chaise. Se retenir d'ouvrir la bouche et de se jeter dans la présentation tête baissée.

C'était à Drew et rien qu'à Drew de remporter la partie. Mais comme c'était difficile de rester là sans bouger !

Surtout en l'aimant autant.

Le pit-bull aux cheveux blonds était en train de conférer à mi-voix avec son patron. Puis il se retourna vers Drew, tapotant des doigts sur la table, comme une caricature de méchant dans un film. Il allait lui poser une dernière question. Cela faisait plus d'une heure et demie qu'ils étaient là. Ils savaient tout ce qu'il y avait à savoir sur Robson, sur l'acier, sur la ville de San Angelo. Sur Drew. Qu'était-il en train de manigancer ?

— Monsieur Robson, demanda-t-il d'une voix onctueuse qui contrastait avec le ton qu'il avait employé pour poser ses questions tout au long de la présentation. Il nous reste encore une question.

— Allez-y, répondit Drew nonchalamment.

— Donnez-nous une raison… une *bonne* raison, se reprit-il, d'investir dans votre entreprise plutôt que chez l'un des trois compétiteurs que nous avons déjà rencontré.

Elle sentit Ken se raidir à ses côtés. Ils n'avaient pas abordé la question des compétiteurs.

Elle regarda Drew.

A sa surprise, elle vit qu'il la regardait, elle, plutôt que les types d'Inesco. Elle se rendit compte qu'elle retenait son souffle.

Alors, il lui sourit. Puis il se retourna vers les représentants d'Inesco.

— Permettez-moi de m'assurer que j'ai bien saisi votre question, dit-il d'une voix lente mais assurée. D'après ce que je sais, de par notre relation passée, mais aussi après ce que j'ai vu aujourd'hui, j'ai l'impression qu'Inesco est une société en pleine expansion qui est à la recherche de partenaires avec lesquels elle pourra encore grandir.

Jade ne put s'empêcher de hocher la tête, pour l'encourager.

— Votre société a une histoire qui remonte à loin et vous avez le sentiment que la plupart des sociétés nouvellement créées ne partagent pas cette vision.

Voilà qui mettait K.O. l'un de ses trois concurrents. Le type aux cheveux sombres continuait de regarder Drew, l'air indéchiffrable et le blond gardait les sourcils froncés.

— Je crois que vous avez également du mal à trouver un partenaire qui propose des produits de qualité irréprochable, continua Drew.

Elle serra ses mains l'une contre l'autre pour se retenir d'applaudir. L'un de leurs concurrents connaissait quelques soucis en matière de contrôle qualité, c'était un fait connu. Mais Drew ne le dénonçait pas directement... il ne faisait que reprendre les exigences qu'affichait Inesco.

— Et vous cherchez un partenaire qui soit fort, aussi fort qu'Inesco, et qui soit tout aussi engagé que vous sur la route du progrès, de l'innovation et de la rationalisation. C'est du moins ce que j'ai cru comprendre ?

Il venait juste de passer une heure et demie à leur faire part de ses idées sur ces sujets. Elle se força, tel un joueur de poker, à garder un visage impassible, tout en dévisageant un à un l'équipe des dirigeants d'Inesco.

Lentement, l'homme aux cheveux sombres, esquissa un sourire.

— Monsieur Robson, dit-il d'une voix profonde avec un léger accent. Je crois que vous avez parfaitement répondu à nos attentes.

— Monsieur Inesco, répondit Drew, je crois que les aciéries Robson répondent à vos attentes. Parfaitement.

Il y eut trente secondes de silence. Puis M. Inesco éclata de rire.

Il s'ensuivit un joyeux brouhaha, et Drew et M. Inesco échangèrent une poignée de main.

Drew avait réussi. Un sans faute. La partie était terminée.

Jade se leva et s'éclipsa, à la merci du chaos qui régnait dans la pièce. Sa mission était terminée. Elle avait du mal à le croire. Elle s'était tellement investie dans l'univers de Robson ces dernières semaines qu'elle n'arrivait pas à croire que c'était fini.

Elle s'éloignait vers la sortie lorsque Drew la rattrapa.

— Te voilà !

Elle se tourna vers lui.

— Que fais-tu là ? Tu devrais être avec eux. C'est une superbe victoire, Drew. Ils investissent dans ta boîte. Tu devrais être en train de fêter ça !

— Mme Packard est en train de servir le champagne, dit-il en la prenant par la main et en l'entraînant vers son bureau, et Ken est en train de les amuser avec des anecdotes sur le bon vieux temps. M. Inesco est absolument charmant et son molosse s'occupe de la paperasse. Nous disposons de quelques minutes.

— Mais…

157

— Pas de mais, répliqua-t-il d'un ton définitif en fermant la porte de son bureau derrière eux. Ça, c'est plus important.

— Mais Drew, protesta-t-elle le cœur battant, ce n'est vraiment pas le moment pour une partie de jambes en l'air !

Il la regarda d'un air pensif.

— Eh bien... puisque tu insistes ! Mais tout d'abord...

— Drew ! s'exclama-t-elle au moment où il l'assit sans ménagement sur le bord de son bureau.

Il remua ses sourcils avec un air suggestif, puis il la prit de court en décrochant son téléphone et en appuyant sur le bouton du haut-parleur avant de numéroter.

— Drew, que fais-tu ?

Il posa un doigt sur ses lèvres, lui intimant le silence. A l'autre bout, une sonnerie retentit, puis une voix de femme répondit.

— Michaels & Associés, bonjour !

Jade jeta un regard vif à Drew.

— Je souhaiterais parler à...

Il s'interrompit.

— Comment s'appelle ta chef, Jade.

— Betsy Diehl, répondit-elle. Mais, arrête ! Que fais-tu ?

— Betsy Diehl, s'il vous plaît, dit-il à la standardiste en posant un doigt sur les lèvres de Jade.

Jade le regarda qui souriait en attendant que l'on transfère son appel.

— Betsy Diehl à l'appareil.

— Madame Diehl, c'est Drew Robson, le P.-D.G. des aciéries Robson. L'une de vos chefs de pub travaille à mon côté ces derniers temps.

— Ah, monsieur Robson.

C'était la première fois que Jade avait l'occasion d'entendre Betsy en direct avec un client. Sa voix avait une tonalité douce et sirupeuse.

— Que puis-je pour vous ? continua-t-elle.

— Vous avez déjà fait beaucoup en m'envoyant Jade, répondit Drew en clignant de l'œil à la jeune femme qui sentit le rouge lui monter aux joues. Je voulais juste vous faire savoir que j'allais envoyer dès ce soir un premier chèque de quarante mille dollars pour vos honoraires, comme convenu.

Jade laissa échapper un petit hoquet de surprise, qui fut étouffé par la main de Drew toujours posée sur ses lèvres.

— Je voulais aussi que vous sachiez que rien n'aurait été possible sans Jade Morrow, poursuivit-il et elle sentit sa poitrine s'emplir de fierté.

Elle cligna des yeux, essayant de ravaler ses larmes. Elle ne s'était pas attendu à ça. Mais il savait à quel point ce geste compterait à ses yeux. Elle ne s'était pas rendu compte, avant cet instant, à quel point il était perceptif.

— C'est fantastique. Nous avons la réputation d'être à la hauteur, dit Betsy, mais sa voix avait pris une nuance un peu fausse à l'oreille de Jade. Pourriez-vous lui faire passer un message de ma part, alors ?

Drew sourit, se pencha vers Jade et déposa un baiser silencieux dans son cou. Jade frissonna.

— C'est tout à fait dans mes cordes, répondit-il à voix haute.

— Formidable. Au vu de son travail pour votre société, elle a plus que mérité ce que nous lui avions promis. Elle sera donc promue chef de projet. Je ne veux pas sous-entendre qu'elle n'aurait pas travaillé aussi dur pour vous s'il n'y avait pas eu cette, euh, « carotte » au bout, monsieur Robson. Mais disons qu'elle a réussi son test. Brillamment.

Drew regarda le téléphone d'un air perplexe. Jade, elle, se raidit.

Il ne va pas comprendre.

— Je, euh, je lui transmettrai le message, dit Drew en regardant Jade avec un air interrogatif.

— Fantastique. Michaels & Associés reste à votre service, monsieur Robson, déclara Betsy, en reprenant son ton mielleux et persuasif. Peut-être que nous pourrions étendre le présent contrat…

— Excusez-moi, mais on m'attend, madame Diehl, la coupa Drew. C'était un plaisir de vous avoir au bout du fil.

— Je vous en prie. A bientôt.

Il raccrocha et regarda Jade qui recula légèrement.

— Chef de projet, hein ?

— Ce n'est pas… oh, zut, dit-elle en se levant et en tendant la main vers lui. Ne va pas te faire des idées. Tu ne t'imagines quand même pas que j'ai… que je n'ai…

A ce moment-à, Ken fit irruption dans la pièce.

— Drew ! Viens vite, bon sang. Le champagne coule à flots et M. Inesco a quelques questions à te poser. On a aussi plusieurs téléconférences à organiser. Allez, viens !

— J'arrive, dit Drew avant de se tourner vers Jade. Je dois régler quelques trucs.

— On se verra plus tard, répondit-elle, un nœud commençant à se former dans son estomac.

— C'est ça.

Elle le regarda s'en aller. Il lui jeta un dernier regard et disparut.

Il ne me croit pas.

Il fallait qu'il la croie. Elle devait le convaincre.

*
* *

Le restaurant italien avait rouvert ses portes. La nouvelle déco était plutôt réussie, bien éloignée des nappes en toile cirée à carreaux rouges et blancs de l'ancienne époque. Sans doute visent-ils une clientèle plus chic, se dit Drew en observant ses convives. Inesco et son équipe avaient l'air ravi d'avoir signé et il n'avait pas vu Ken aussi souriant depuis longtemps. En tout cas pas depuis qu'il avait repris les rênes de l'aciérie.

— Et voilà Drew, qui n'avait que dix-sept ans, assis dans la cabine du semi-remorque de l'aciérie…

Drew s'évada intérieurement, tandis que ses nouveaux associés s'esclaffaient. Il s'efforça de sourire. Il avait beau avoir sauvé son entreprise et vivre l'un des épisodes les plus heureux de sa carrière, il ne parvenait pas tout à fait à se mettre dans l'ambiance.

Elle n'avait qu'un seul but : sa promotion.

Elle a obtenu ce qu'elle voulait : sa promotion.

Ce n'aurait pas dû être un choc. Drew aligna d'un geste machinal la salière et la poivrière devant lui. Après tout, il était un homme d'affaires et elle-même était une femme d'affaires. Ils faisaient affaire ensemble. Elle avait même essayé de l'empêcher d'aller plus loin. Elle l'avait prévenu qu'ils risquaient de s'en mordre les doigts. On ne mêle pas impunément les affaires et les sentiments.

Mais elle s'occupe bien de moi, je décroche le contrat… et elle obtient sa promotion.

Drew secoua la tête. Ken en arrivait à la chute de son histoire.

— Et Drew a déclaré : « Ne me regardez pas comme ça, M. l'agent, je n'y suis pour rien. Ils m'ont pris en stop. Je voulais juste y arriver plus vite. »

Les types d'Inesco éclatèrent de rire. Ken éclata de rire. Drew se força à rire aussi.

— Dites-moi, demanda, une fois que les rires se furent estompés, un homme à l'autre bout de la table. Qui était la jeune femme aux cheveux roux ? Et pourquoi n'est-elle pas là ce soir ?

Ken jeta un rapide coup d'œil à Drew pour voir s'il souhaitait répondre lui-même. Comme Drew restait silencieux, Ken enchaîna.

— C'est Jade Morrow. C'est une conseillère en communication et en force de vente qui collabore de façon ponctuelle avec les aciéries Robson.

Drew se prépara à répondre aux questions qui allaient suivre inévitablement : depuis quand travaillait-elle pour eux, que faisait-elle exactement ?

— C'est donc elle qui a arrangé cet exposé ?

Drew cligna des yeux. Il ne s'attendait pas à une question de ce type-là.

— Euh, oui. Enfin, je veux dire, elle a travaillé sur les graphiques et sur la présentation et elle nous a aidés à organiser tout ça.

Ken fronça les sourcils, imperceptiblement — il ne voulait sans doute pas que les autres apprennent quelle était la part des uns et des autres dans la présentation à laquelle ils avaient assisté aujourd'hui. Mais cela n'avait pourtant aucune importance. Les types d'Inesco avaient décidé d'investir dans Robson au vu des compétences professionnelles de Drew — sa connaissance de la sidérurgie, sa vision pour l'avenir — et non pas à cause de son élocution ou de sa façon de s'habiller.

— Impressionnant, intervint Armand Inesco en hochant la tête. Est-ce qu'elle travaille en free-lance ou pour une agence ?

— Elle travaille chez Michaels & Associés, répondit Drew.

Inesco et ses collaborateurs échangèrent un regard entendu.

— Cela explique en partie que votre présentation ait été bien au-dessus de celle de vos concurrents, reprit Armand Inesco, l'air impressionné. Elle a déjà travaillé dans le secteur de la sidérurgie ?

— Non, pas que je sache, répondit Drew avec un froncement de sourcils. Pourquoi ?

— Vous allez procéder à de nombreuses améliorations dans les mois qui vont suivre, répondit le P.-D.G. d'Inesco. Et vous allez devoir vendre beaucoup plus pour que nous obtenions le retour sur investissement que nous espérons. Nous envisageons donc d'inclure une condition — vous devez renforcer votre équipe commerciale et votre département du marketing. En créant notamment des postes dans la publicité et les relations publiques.

Il s'interrompit un instant, souriant gentiment à Drew.

— Nous nous sommes doutés que vous aviez eu recours à une aide extérieure et comme elle ne s'est pas présentée pour le dîner, nous avons compris qu'elle ne faisait pas directement partie de la maison Robson.

Drew hocha la tête avec respect. Ce type savait de quoi il parlait. Il ne s'agissait pas de savoir « qui est cette belle rousse qui assistait à la réunion », comme il l'avait bêtement cru.

— Michaels & Associés est une très bonne agence, mais ils sont surtout spécialisés dans les relations publiques. Nous pourrions vous suggérer des consultants en marketing, insista le P.-D.G.

Drew haussa les épaules.

— Je suis sûr que nous…

— En fait, l'interrompit Armand, vous pourriez envisager de faire appel à Inesco pour ce département.

Drew jeta un rapide coup d'œil à Ken. Il comprenait brusquement ce que le type était en train de faire. Il essayait de modifier légèrement leur accord, à son avantage... afin d'intégrer Robson à Inesco.

— Je suis sûr que nous réussirons à monter quelque chose, répondit Drew avec un froid sourire.

Ken se lança dans une nouvelle anecdote, imité ensuite par un collaborateur d'Inesco.

Drew repartit dans ses réflexions. Il s'était tellement focalisé sur le fait que Jade ait pu l'utiliser pour obtenir ce qu'elle désirait qu'il avait refusé de voir le plus important ; elle l'avait aidé, bien au-delà de ce que sa mission impliquait. Elle n'avait rien tenté de tordu ou de malveillant, n'avait jamais essayé de le tromper. Elle l'avait même remis dans le droit chemin quand cela s'était avéré nécessaire. Elle avait toujours gardé ses valeurs à lui, celles de Robson, à l'esprit... et elle avait cru en lui. Elle n'avait pas besoin de faire tout ça pour décrocher sa promotion.

Et ce n'était certainement pas en couchant avec lui qu'elle l'avait gagnée. Pour être tout à fait exact, elle n'avait pas voulu coucher avec lui. Elle avait craint que cela ne mette en danger leur travail, que cela ne le déconcentre et qu'ils coulent tous les deux. En fait, elle avait pris un gros risque en couchant avec lui.

Pourquoi devenait-il soudain si suspicieux à son égard ? Et pourquoi ne mettait-il pas les choses à plat avec elle, plutôt que de ruminer dans son coin ?

Il jeta un coup d'œil autour de la table. L'équipe d'Inesco semblait partie pour une longue soirée de célébration ici dans ce restaurant — dans une petite ville comme San Angelo, ils ne risquaient pas de trouver un club de strip-tease ou une boîte de nuit pour finir la soirée. Il sourit à la tablée puis se leva, faisant signe à Ken de le suivre. Ken s'excusa un instant et le rejoignit. Drew se dirigea vers une alcôve au fond de la salle où se trouvait le téléphone.

— Que se passe-t-il, Drew ?

— Tu crois qu'ils vont tenir encore longtemps ? demanda Drew en désignant l'équipe d'Inesco du coin de l'œil.

Ken se retourna vers la tablée.

— Je crois qu'ils n'ont pas envie de décoller. Encore au moins deux heures, à mon avis.

— Et toi ? Tu tiens le choc ?

Ken lui adressa un petit sourire en coin.

— Pas de problème. Je les prends tous un à un, avec une main attachée dans le dos !

— Génial, dit Drew en poussant un soupir de soulagement. J'espère que tu ne m'en voudras pas, mais je me demandais… Ça ne t'ennuierait pas de rester avec eux et de régler la note puis de les mettre dans un taxi ?

Le sourire de Ken se figea.

— Où vas-tu ?

— Je dois régler quelque chose, répondit Drew.

— Le marché est conclu, tout est réglé, si ce n'est la signature finale, riposta Ken. Pourquoi ne te laisses-tu pas un peu aller ? Profite du moment.

— Ce n'est pas…, dit Drew avant de s'interrompre pour prendre une longue inspiration. Ce n'est pas directement lié aux aciéries Robson, Ken.

Ken le regarda sans réagir. Puis il plissa les yeux.

— Dis-moi que ton départ soudain n'a rien à voir avec une certaine rousse qui ne nous a pas accompagnés au dîner.

Drew haussa les épaules.

— Disons seulement que c'est personnel, d'accord ?

— Je n'arrive pas à le croire, s'exclama Ken en maîtrisant sa voix. Tu viens juste de passer l'accord le plus important de ta carrière. Tu dois rester ici et t'occuper d'eux. Ces types sont nos nouveaux investisseurs. Tu dois représenter Robson. Ta vie sexuelle peut quand même attendre quelques heures, bon sang !

Drew sentit une bouffée de colère l'envahir.

— Attention à ce que tu dis, Ken.

— Non, c'est toi qui fais attention, maintenant ! répondit Ken, lui-même près d'éclater. C'est important. Je sais que tu as passé tout ton temps, vingt-quatre heures sur vingt-quatre et sept jours sur sept avec cette femme, et je ne suis pas aveugle, elle ferait se damner n'importe qui, mais il s'agit de l'*usine*, ajouta-t-il avec une expression désapprobatrice. Essaie de penser avec ta tête, pour une fois.

— Ah oui, et depuis quand je ne fais pas passer l'usine avant tout ? rétorqua Drew.

— Depuis que tu as posé les yeux sur Jade Morrow, répliqua Ken. Quelques heures, c'est tout. Après, tu auras tout le temps de te rabibocher avec elle. Mais tu dois d'abord conclure ici.

Drew savait bien qu'il y avait une part de vérité dans ce que lui assénait Ken, même si la colère ne se dissipait pas. Ken avait raison — il devait d'abord se soucier de l'usine. Jade comprendrait.

Du moins il l'espérait.

— D'accord. Je reviens dans une seconde, dit-il.

Ken hocha la tête.

— On en reparlera, prévint-il avant de se retourner vers la tablée, un grand sourire aux lèvres.

Sur plein d'aspects, Ken était un Robson, bien plus que Drew lui-même. L'usine, toujours l'usine. Elle passait toujours avant le reste.

Drew prit quelques pièces de monnaie dans sa poche et sortit la carte de Jade de son portefeuille. Il composa son numéro de portable, mais il fut transféré directement sur sa boîte vocale. Le téléphone était coupé — ou alors, la batterie était morte. Elle avait une fâcheuse tendance à la laisser se décharger.

Il décida de laisser un message.

— Jade, je veux te voir dès que possible. Je te rejoins à Los Angeles s'il le faut, si tu es déjà rentrée chez toi. Mais il faut qu'on se parle. Très vite.

Il fit une pause. Il voulait ajouter quelque chose, mais il ne savait pas exactement quoi.

— Ecoute, appelle-moi, d'accord ? A la maison. Je dois te parler.

Il raccrocha en proie à la frustration. Un éclat de rire collectif lui parvint de sa table. Il n'avait pas la moindre envie de retourner là-bas pour échanger des blagues avec ces types sous l'œil attentif d'Armand Inesco. Ou bien de faire semblant de s'amuser avec Ken alors que ce dernier reprochait à Drew de ne pas rester concentré sur sa tâche.

Plus que quelques heures, pensa Drew sans grand enthousiasme. Après quoi, il mettrait les choses au clair avec Jade.

Pourvu que tout s'arrange.

Jade s'étira. Cela faisait maintenant — elle regarda sa montre — quatre heures ! qu'elle attendait dans le couloir devant chez Drew. Elle avait consulté sa messagerie en arrivant, mais, depuis, sa batterie avait rendu l'âme, ce qui n'était pas vraiment étonnant, vu qu'elle oubliait constamment de la remettre en charge. Elle ne savait pas dans combien de temps Drew allait rentrer. Il avait eu l'air si en colère — et perplexe — lorsqu'il avait raccroché tout à l'heure.

Elle fronça les sourcils. Et d'ailleurs, que se passait-il avec Betsy ? Elle aurait juré que son mentor lui en voulait, pour une raison inconnue. Cette froideur lorsque Drew l'avait chaudement félicitée… A moins que Betsy n'ait été en colère, pour une raison qui n'avait rien à voir avec Jade. Sa patronne avait parfois des sautes d'humeur… Elle était sans doute en train de se faire des idées. Il faut dire qu'elle devenait un peu paranoïaque, à force. Elle avait tant de fois failli décrocher cette fameuse promotion, par le passé. Et puis rien. Comme si quelque chose venait chaque fois se mettre en travers du chemin, la stoppant net dans son élan et l'empêchant de progresser.

Peut-être qu'elle était en train de se monter la tête pour rien. C'était bien elle, ça. Elle ouvrit son sac à dos et en sortit son agenda, qu'elle ouvrit. Elle compliquait toujours tout. Elle venait tout juste de remporter un succès immense. Elle aurait dû sauter de joie. Pourquoi était-elle si morose ?

Elle jeta un nouveau coup d'œil à sa montre et ferma les yeux.

A cause de Drew.

Elle avait toujours su que cela compliquerait les choses, de faire l'amour avec lui. Mais elle n'avait pas anticipé qu'elle tomberait amoureuse de lui.

Elle se laissa aller contre le mur. C'était ridicule de se prétendre amoureuse alors qu'elle connaissait ce type depuis moins d'un mois. Et cela faisait — quoi ? — deux semaines seulement qu'ils faisaient l'amour. Mais même s'ils n'avaient pas fait l'amour, elle savait qu'il y avait entre eux quelque chose de spécial. Il incarnait ce qu'elle avait toujours cherché chez un homme. Il était passionné. Attentif. Elle se mit à sourire. Il était chevaleresque. Elle n'avait jamais rencontré quelqu'un comme lui auparavant, et surtout pas dans le cadre de son boulot. Il était authentique.

Elle aimait ça.

— Tu n'attends quand même pas ici depuis des heures ?

Elle ouvrit les yeux.

168

— Drew ! dit-elle en prenant appui sur le mur pour se redresser.

Elle fit une grimace et faillit tomber à la renverse tant ses muscles étaient raides d'être restés aussi longtemps dans la même position.

— Je t'attendais…, ajouta-t-elle.

— Si j'avais su que tu étais là, dit-il en lui tendant la main pour l'aider à se relever, j'aurais essayé de rentrer plus tôt. Si j'avais réfléchi, je t'aurais confié une clé de l'appartement.

— Tu ne pouvais pas deviner, répondit-elle à la hâte, et puis, tu semblais plutôt en colère, tout à l'heure, quand tu es parti.

Elle prit une profonde inspiration.

— Drew, reprit-elle, il faut que je te parle. Je n'ai pas…

Il posa un doigt sur sa bouche, barrant le flot de paroles qui essayait de franchir ses lèvres.

— Tout va bien, j'ai compris, dit-il. Viens, tu dois être épuisée.

— Mais nous devons vraiment parler, protesta-t-elle en repoussant la main qui la réduisait au silence. Je n'ai pas couché avec toi juste pour…

— Je sais, dit-il avec un sourire en ouvrant la porte. Ce n'est pas la peine de revenir là-dessus.

Elle soupira d'un air impatient.

— Je viens de passer quatre heures à répéter le discours que je voulais te servir quand tu te déciderais enfin à rentrer. Si tu crois que tu vas t'en tirer comme ça, tu te trompes !

Il se mit à rire et la précéda dans l'appartement. Puis il referma la porte derrière elle et posa les clés dans le vide-poche.

— Très bien. Je ne voudrais surtout pas te priver de ton discours tellement bien préparé.

Elle commença à faire les cent pas dans le salon, étirant sa nuque et ses bras pour en dénouer les muscles. Elle enleva sa veste et la posa sur le dossier du canapé.

— Je n'ai pas couché avec toi pour te faire plaisir, pour te satisfaire en tant que client, comme tu me l'avais suggéré avec un tact exquis la première fois où nous nous sommes rencontrés.

Il grimaça.

— Je sais, Jade…

— J'ai fait l'amour avec toi, parce que…

Elle s'interrompit, réfléchissant à ce qu'elle voulait lui dire… Elle se déroba au dernier moment.

— … parce que tu comptais pour moi. Tu comptes toujours. Beaucoup, ajouta-t-elle.

— Je… tu comptes aussi beaucoup pour moi, répondit Drew. Tu n'as vraiment pas besoin de me dire tout cela. J'ai compris.

— Je ne crois pas, non, continua-t-elle avec entêtement. Tu n'as pas la moindre idée de ce que j'ai traversé. Je n'ai jamais couché avec un client avant toi. J'aime que ma vie se déroule simplement, sans anicroche.

Elle se remémora les doutes qui l'avaient assaillie et recommença à faire les cent pas, nerveusement.

— Je te l'ai dit, d'ailleurs, que cela allait tout compliquer. Et puis quand nous avons quand même fait l'amour, j'ai essayé de garder la tête froide et de reprendre le cours d'une relation normale, professionnelle. Je n'ai jamais donné autant de moi-même à un homme. Jamais, même à ceux qui ont partagé ma vie un certain temps.

— Est-ce que je fais partie de ta vie ?

Elle le fusilla du regard.

— A ton avis ?

Les yeux de Drew se mirent à briller.

— J'aimerais bien, oui, répondit-il. Mais je me suis rendu compte à dîner que je ne savais pas du tout ce que tu en pensais.

Elle l'observa un instant en silence.

— Je dois admettre, dit-il d'une voix lente en s'approchant pour la prendre par la main, que ça m'a… énervé, tout à l'heure, lorsque Betsy m'a parlé de ta promotion. Je ne savais pas vraiment quelle était la part de vrai dans tout ça. Et, oui, je l'admets, je me suis même demandé si tu n'avais pas couché avec moi comme une forme de garantie, pour que je réussisse. Et pour que tu réussisses.

— Tu sais, je viens de passer quatre heures terribles à m'angoisser à l'idée que tu puisses justement penser ça. Mais maintenant que je l'entends dans ta bouche, ça me met hors de moi. Comment peux-tu penser ça après ce que nous avons vécu ? Tu as perdu la tête ou quoi ?

Il se mit à rire.

— Ne t'énerve pas. Ça m'a effleuré, je te dis, mais j'ai tout de suite compris que c'était stupide. Mais je vais te dire une chose.

— Quoi ? finit-elle par demander tandis qu'il l'observait en silence.

Il posa son front contre le sien.

— Je suis amoureux de toi. Est-ce que c'est compliqué, ça ?

Elle retint son souffle. Puis elle avança ses lèvres vers les siennes et l'embrassa, doucement, tendrement, laissant libre cours aux émotions qu'elle ne pouvait pas nommer à voix haute.

Il la serra fort dans ses bras, comme s'il ne voulait jamais la laisser repartir.

— C'est pour cela que je t'ai demandé si je faisais partie de ta vie, chuchota-t-il. Je voulais savoir si toi aussi tu ressentais ce que je ressens.

— Je…heu…

Elle se figea.

— Je sais que c'est rapide, dit-il après un long silence. Je ne te demande pas de bouleverser ta vie. Je te demande juste d'y faire une petite place pour moi.

Elle ne sut pas quoi répondre à cela.

— Je sais que je tiens à toi. Et je pourrais bien…

De nouveau, elle s'interrompit et se força à prendre une longue inspiration. Si elle lui disait qu'elle l'aimait ou qu'elle pensait être en train de tomber amoureuse de lui, et qu'elle se trompait, que se passerait-il ? Ou, pire encore, si c'était lui qui se trompait ? Ils se connaissaient à peine. C'était un pari risqué, de part et d'autre.

— Chut, dit-il enfin, caressant ses cheveux du bout des doigts. Je n'aurais pas dû te prendre par surprise, comme ça. Est-ce que tu vas rester avec moi ce soir ? ajouta-t-il d'une voix douce.

Elle hocha la tête, soulagée de ne pas avoir à lui répondre tout de suite. Il se pencha vers elle pour l'embrasser et elle lui chatouilla la langue du bout de la sienne.

Il se mit à rire et il l'entraîna vers sa chambre. Ils se débarrassèrent de leurs habits en chemin.

— J'avais envie de toi, dit-il. S'il n'y avait pas eu ce dîner stupide, je serais rentré depuis des heures. Je mourais d'envie de te voir.

— Tu as fait ce que tu avais à faire, répondit-elle, ayant déjà oublié les longues heures d'attente sur le paillasson. J'aurais sans doute fait la même chose.

— Je suis tellement heureux que tu m'aies attendu tout ce temps, dit-il en se débarrassant de sa chemise, le sourire aux lèvres.

— Je suis heureuse d'avoir attendu, répliqua-t-elle. Maintenant que c'est fini !

9.

Jade pénétra dans les locaux de Michaels & Associés. Cela faisait près d'un mois qu'elle n'y avait pas mis les pieds. Elle s'était trouvée coincée dans les embouteillages pour entrer dans Los Angeles et était un peu en retard. Mais elle savait qu'ils ne chipoteraient pas pour une demi-heure, après le succès qu'elle avait remporté.

Bien sûr, il y aurait sans doute une pile de dossiers aussi haute que l'Everest sur son bureau et un millier de rendez-vous à caler dans les prochains jours, mais cela importait peu. Au contraire. Elle était impatiente. Elle se demandait si on allait lui proposer un nouveau bureau, maintenant qu'elle était chef de projet. Quoi qu'elle y passerait peu de temps, au final. Entre deux rendez-vous à l'extérieur... entre deux avions. Peut-être même à l'étranger, pour démarcher de nouveaux clients.

Betsy avait évoqué cette possibilité. Serait-ce une obligation ?

Après tout, il y avait beaucoup de clients importants ici, sur la côte Ouest. Et si Michaels & Associés voulait démarcher sur la scène internationale, ce n'était pas forcément *elle* qui devait partir. Peut-être que rien n'était encore décidé. Mais s'ils la jugeaient capable de gérer ses dossiers sur la route,

174

peut-être qu'ils accepteraient qu'elle travaille à distance, du moins à mi-temps.

De San Angelo.

A supposer, bien entendu, qu'elle passe une grande partie de son temps là-bas. Elle pouvait aussi n'y aller que les week-ends. Mais comme les semaines seraient longues, loin de lui ! Quel supplice de dormir seule ! Mais peut-être bien que cela finirait par se calmer, une fois qu'ils auraient pris le rythme. Peut-être…

Ils avaient passé un week-end formidable. Elle avait eu l'impression qu'ils avaient tous les deux conscience de vivre un moment privilégié, une parenthèse avant de reprendre le travail. Dès lundi, ils reprendraient séparément le chemin du bureau, pour affronter des jours, voire des semaines de travail intense. Elle allait devoir gérer sa promotion et lui devait encore finaliser son accord avec Inesco et procéder aux changements et aux rénovations qu'il avait prévus. Mais ils ne s'étaient pas séparés avec une impression de nostalgie. Bien au contraire, elle se sentait emplie de joie et d'optimisme.

C'était peut-être pour cela qu'ils n'avaient pas abordé la question de l'avenir. Pour ne pas gâcher l'exaltation de leur premier « vrai » week-end. Après la réunion, ils avaient en effet été libérés de leurs obligations professionnelles l'un envers l'autre. Drew n'était plus le client de Jade. Elle n'était plus son professeur.

Ils avaient savouré chaque minute de leur liberté, paressant au lit, faisant l'amour le matin, l'après-midi, sortant ensemble, main dans la main, pour se promener…

— Promets-moi de m'appeler dès demain soir, lui avait-il glissé avant de l'embrasser, longuement, tendrement.

Un baiser ardent et plein de promesses avant de claquer la portière. Elle avait mis le cap sur Los Angeles avec regret.

Je l'appellerai ce soir, se dit-elle en pénétrant dans l'espace cloisonné qui lui était alloué au cœur du département des relations publiques du cabinet. Peut-être qu'ils aborderaient alors la question de leur avenir…

Elle posa son ordinateur portable sur son bureau, se demandant comment il allait réagir. Tout dépendait de la façon dont s'était passée sa première journée à l'usine.

— Jade ? C'est toi ?

Jade leva les yeux et découvrit un de ses collègues, Bob, qui contournait la cloison de son bureau.

— Oui. Comment ça s'est passé, sans moi ? L'ambiance devait être mortelle…

— Tu sais mettre de l'ambiance quelque part, c'est certain, répliqua Bob. Mais quelque chose d'énorme est en train de couver. Quelque chose en rapport avec ta patronne. On n'avait pas vu Betsy « peau de vache » courir dans tous les sens comme ça depuis longtemps.

Jade retint un sourire.

— Sans blague.

— Je te jure, on commence vraiment à se poser des questions, dit Bob en observant attentivement Jade. Tu n'étais pas là, mais si tu savais quelque chose, tu cracherais le morceau, hein ? Tu as la moindre idée de ce qui se passe ?

Jade soupira. Voilà bien l'une des choses qui ne lui avait pas manqué. Chacun espionnant son voisin, essayant de débusquer les informations, répandant les rumeurs… C'était étrange. Il avait fallu qu'elle s'éloigne pour le remarquer.

— J'ai quelques soupçons, répondit-elle avec honnêteté.

Bob haussa les sourcils.

— Je crois qu'il n'y a rien à craindre, continua-t-elle. De toute façon, on devrait bientôt être mis au courant.

— Tu me caches des choses, Jade, lui dit-il avec un air de reproche.

— Attends encore une demi-heure. Et tiens-toi tranquille ! ajouta-t-elle en lui clignant de l'œil.

Il s'éloigna vers son propre bureau en grommelant.

Elle ne savait pas comment ils allaient annoncer la nouvelle de sa promotion. Elle brancha son ordinateur et l'alluma. Peut-être par mail. Rien d'extravagant. Mais comme ce serait agréable de se sentir enfin reconnue ! Elle inviterait sans doute Betsy à prendre un verre à la fin de la journée, pour célébrer ce nouveau départ. C'était elle qui lui avait donné cette chance, qui lui avait mis le marché en main. A elles deux, elles allaient pouvoir faire de grandes choses.

Betsy apparut soudain devant elle.

— Jade, viens avec moi, ordonna-t-elle.

Jade ne put s'empêcher de ressentir une bouffée de nervosité. Elle suivit Betsy, une boule au creux du ventre, traversant la longue pièce sous les regards interrogatifs de ses collègues. Elle entra dans la salle de conférences. Tous les associés avaient déjà pris place autour de la table. Betsy ferma la porte derrière elle et Jade remarqua qu'ils avaient l'air solennel. Est-ce qu'ils allaient lui refuser sa promotion ? Non, c'était ridicule. Ils le lui avaient confirmé, vendredi, lorsqu'elle les avait appelés pour leur annoncer qu'elle avait réussi sa mission.

Alors, que se passait-il ?

Elle s'assit. Les associés échangèrent des regards. Puis Dean Michaels, le doyen et fondateur de l'agence, se leva.

— Jade, il semblerait qu'il y ait un problème au sujet de votre promotion...

— Je vous demande pardon ? s'exclama Jade en dévisageant tour à tour les associés qui la regardaient avec un visage de marbre. Quel genre de problème ?

— Des problèmes d'ordre éthique, répondit Dean d'une voix triste.

Le cœur de Jade se mit à battre la chamade et elle sentit un goût de bile lui envahir la bouche.

— Je n'ai rien fait d'illicite. La moindre de mes actions a été documentée, tous les papiers ont été signés par le client. Michaels & Associés va toucher ses honoraires, ce qui semblait une cause perdue avant que je ne reprenne en main le dossier.

— Ecoutez, Jade, ce n'est pas là-dessus que nous avons des reproches à vous faire…

— Que me reprochez-vous exactement ?

— Vous avez couché avec un client ! intervint Robert Duncan, l'un des plus anciens associés. Que croyiez-vous que nous allions penser ? Vous offrir une médaille, peut-être ?

Jade se figea.

Ils savaient.

Elle aurait du mal à nier les faits. Pour être exacte, elle ne *voulait* pas mentir à ce sujet. Drew comptait trop pour elle. Il ne lui restait plus qu'à les affronter. Avec audace.

— Vous ne le niez même pas ? s'insurgea Duncan en rougissant de colère.

— Puis-je savoir qui m'accuse et de quelles preuves vous disposez ? demanda-t-elle avec un calme qui l'étonna elle-même.

C'est Dean qui répondit.

— Nous avons des photos compromettantes de vous et M. Robson, dit-il d'un air embarrassé.

— Des photos ? s'exclama-t-elle en ouvrant de grands yeux. Vous m'avez fait suivre ?

Il ne put s'empêcher de grimacer.

— C'est un tiers concerné par vos agissements qui nous les a fournies, dit-il d'un air peu fier. Vous comprendrez bien que vous ne pouvez pas être nommée chef de projet dans ces conditions.

Jade en resta bouche bée.

— Mais…

— En fait, continua-t-il en détournant les yeux, nous vous avons fait venir ici aujourd'hui pour vous annoncer que le cabinet Michaels & Associés avait décidé de se passer de vos services.

Jade se leva d'un bond.

— Quoi ?

— Ça suffit ! déclara sèchement Duncan en fronçant ses épais sourcils blancs. C'est une honte ! Vous n'espériez quand même pas coucher pour y arriver dans un établissement aussi respectueux des valeurs familiales que Michaels & Associés !

— Nous sommes une agence de relations publiques. Nous représentons n'importe qui, politiciens, acteurs, boxeurs, pourvu qu'ils paient. Ne me faites pas le coup des valeurs familiales à moi, répondit Jade dans une explosion de colère.

Elle inspira longuement et se tourna vers Betsy. Celle-ci lui rendit son regard, une expression indéchiffrable sur le visage. Elle n'intervenait pas pour la défendre. Pourquoi ?

Apparemment, Jade ne pouvait compter que sur elle-même.

Elle se pencha en avant, prenant appui sur la table, et sentit la fraîcheur du bois pénétrer les paumes de ses mains. Elle y puisa un semblant de sérénité.

— Je ne vais pas nier que Drew Robson et moi-même avons commencé à nous fréquenter, déclara-t-elle d'une voix lente, causant une vague de murmures autour de la table.

Betsy continua de la fixer de son regard sérieux.

— Je n'en ai pas honte et je ne vais pas essayer de le minimiser ou de vous le cacher. Mais je vous assure néanmoins que cette relation n'a rien à voir avec la relation contractuelle qui lie les aciéries Robson au cabinet Michaels & Associés. Je n'ai pas eu une aventure avec lui pour qu'il accepte d'honorer ses obligations envers le cabinet et qu'il paie ce qu'il nous doit. Et je peux vous prouver ce que j'avance.

— Mais les faits sont là, reprit Dean sur un ton d'excuse. Vous avez eu une relation sexuelle avec un client alors que vous travailliez avec ledit client pour le compte de Michaels & Associés. C'est un grave manquement éthique. Vous en avez conscience, tout de même ?

— Alors, vous me renvoyez ?

— Je ne crois pas que nous ayons vraiment le choix.

— Est-ce que c'est prévu dans le règlement ? demanda-t-elle.

Robert était en train de virer au pourpre.

— Vous n'avez donc aucune honte ? Vous allez ergoter sur les définitions et essayer de vous justifier parce que cela n'était pas *expressément* interdit par le règlement ? C'est une agence respectable, ici ! Cela fait cinquante ans que nous existons, mademoiselle, et que je sois damné si...

— Cela fait quatre ans que Michaels & Associés perd du volume chaque année, Robert, l'interrompit Jade. Je respecte tout à fait les traditions et les valeurs de l'agence, mais *je n'ai rien fait de mal*. J'ai peut-être commis une erreur de jugement, mais c'était une décision personnelle qui n'avait rien à voir avec Michaels & Associés. Ma vie personnelle ne concerne que moi.

— Votre vie personnelle, répliqua-t-il d'un ton mauvais, s'arrête lorsque vous franchissez la ligne et que vous convainquez un client de payer sa note en couchant avec lui.

Une douleur intense déchira la poitrine de Jade.

— Attention à ce que vous dites ! dit-elle d'une voix basse et tranchante comme une lame de rasoir.

Dean Michaels leva une main en l'air pour essayer de calmer les esprits.

— Jade, vous avez été un grand atout pour cette agence, dit-il d'un air embarrassé. Nous espérions que vous comprendriez notre position et que vous vous rangeriez à notre avis.

— J'aimerais comprendre quelque chose, dit Jade en regardant Betsy, toujours enfermée dans son mutisme.

Mais bon sang, pourquoi ne disait-elle rien ?

— Si j'étais un si grand atout, continua-t-elle, pourquoi ne m'avez-vous pas promue chef de projet plus tôt ?

Dean laissa échapper un soupir las.

— Personnellement, j'y étais favorable. Mais il y avait certaines personnes ici qui étaient contre l'idée de cette promotion. Leur argument était que vous n'étiez pas totalement en accord avec les valeurs de l'agence. Que vous aviez un côté franc-tireur.

Son ton s'adoucit.

— Honnêtement, Jade, je suis surpris que vous n'ayez pas déjà monté votre propre agence.

La pilule était doublement amère. Elle ravala ses larmes. Non seulement on lui retirait la promotion qu'elle méritait, mais elle apprenait en plus qu'on s'était joué d'elle. Le pire, c'était que le grand patron avait cru en elle, et que c'étaient les autres qui l'avaient dénigrée, plombant sa carrière avant même qu'elle ait eu la possibilité de prendre son essor. Quel gâchis !

— Je ne veux pas quitter Michaels & Associés, déclara-t-elle en concentrant toute son attention sur Dean, le seul qu'elle se sentait capable de regarder en face sans hurler. Et je ne crois pas que vous ayez une raison valable pour me renvoyer.

Dean accusa le coup, clignant des yeux.

— Vous n'envisagez pas de…

— Dites-moi que vous n'allez pas nous poursuivre pour licenciement abusif, s'étrangla Robert. Dites-moi que votre bêtise ne va pas jusque-là !

— C'est tout à fait le genre d'argument que les avocats adorent entendre, répliqua froidement Jade. Continuez comme ça.

Dean fronça les sourcils en direction de Robert.

— Jade, nous allons réunir l'ensemble des associés pour étudier votre cas. Si vous parvenez à nous convaincre que vous n'avez pas agi de façon contraire à la déontologie et que vous n'avez enfreint aucune règle ni bafoué les valeurs et la philosophie de l'agence, eh bien, je ne vois pas pourquoi vous ne pourriez plus faire partie de Michaels & Associés.

— Avec ma promotion, ajouta-t-elle.

Une lueur amusée pétilla dans les yeux de Dean.

Ceux de Robert, en revanche, parurent prêts à sortir de leurs orbites.

— Bien entendu, continua Dean. Je vais demander à ma secrétaire de fixer une date pour la réunion. En attendant, je pense qu'il serait plus prudent de vous suspendre. Rentrez chez vous, et préparez votre défense.

Jade hocha la tête, une boule au creux de l'estomac.

— Bien entendu.

Ils se levèrent et sortirent de la salle de conférences. Elle attendit un instant, regardant Dean et Robert s'éloigner, le premier prêtant une oreille agacée aux grommellements du second. Puis elle aperçut Betsy qui regagnait son bureau et elle la suivit, refermant la porte derrière elle.

Betsy fit une grimace.

— Je ne peux rien pour toi, Jade. Le mieux, c'est que tu rentres à la maison, comme l'a dit le grand chef.

— Tu étais au courant, dit Jade. Que dois-je faire, à ton avis ?

— Franchement ? demanda Betsy en prenant place à son bureau. Dean n'avait pas tort. Tu es bonne. Lance-toi, crée ta propre boîte. Les aciéries Robson travailleront peut-être pour toi… Ah, non ! Ils sont encore sous contrat avec nous. Mais je suis sûre que Drew Robson a des clients et des collègues que tu pourrais démarcher.

Jade cligna des yeux.

— Abandonner ? Comme ça ?

— Oui, répliqua Betsy d'une voix ferme. Ici, en tout cas. C'est fini, Jade. Tu peux faire une croix dessus. Mais tu peux encore partir dignement. Ne joue pas avec le feu, tu pourrais te brûler.

Pour la première fois, Jade remarqua le soupçon d'arrogance qui teintait la voix de sa supérieure.

— Comment peux-tu dire cela ? demanda Jade abasourdie.

Et tout à coup, Jade comprit. Elle lança :

— C'est toi. C'est toi qui m'as saquée.

Betsy ne répondit rien.

— Mais pourquoi ? ne put-elle s'empêcher de lui demander. Parce que je risquais de devenir associée, moi aussi ? continua-t-elle.

— Je te l'ai dit, répondit Betsy d'une voix coupante, tu me rappelles moi à ton âge.

— Tu t'es dit que j'allais te piquer ta place ? demanda Jade dont la tête commençait à lui tourner. Alors, tu as… tu as fait quoi, exactement ? Inventé des trucs ? Et c'est quoi, cette histoire de photos ?

— Il n'y a rien de plus facile que d'embaucher un détective privé, Jade, répondit Betsy. Et avant que tu ne te lances dans une grande leçon de morale, permets-moi de te rappeler que c'était vraiment stupide de ta part de t'embarquer dans une histoire avec un client. Et encore plus stupide de me laisser deviner qu'il se passait quelque chose entre vous. Tu n'as pas été particulièrement discrète. Ce n'est qu'un client, Jade. Mieux vaut que tu le saches, si tu veux réussir. Mais, franchement, je doute que tu réussisses vraiment un jour. Et tu veux savoir pourquoi ?

Jade la dévisagea, contenant sa colère.

— Mais oui, je t'en prie, éclaire-moi.

— Parce que c'est ton cœur qui te guide, pas ta tête, asséna Betsy d'une voix coupante. Tu es bien trop sensible pour les affaires. Peut-être que tu devrais te trouver une autre occupation.

Elle se leva et alla ouvrir la porte.

— Et, tant qu'à faire, trouve-toi un autre endroit pour l'exercer.

Jade se leva à son tour, vibrante de colère.

— J'ai quelques idées sur ce que je pourrais faire et l'endroit où je pourrais les faire, dit-elle d'une voix menaçante.

— Quel manque de classe ! répliqua Betsy avec dédain, mais son masque d'indifférence se craquela juste assez pour laisser entrevoir sa nervosité.

— A bientôt à la réunion, *patronne*, dit Jade.

Betsy ne répondit pas et Jade sortit avec fracas de son bureau, ignorant les regards curieux de plusieurs de ses collègues qui s'étaient retournés vers elle.

Elle n'était pas du genre à appeler au secours. Elle n'avait jamais demandé l'aide de personne — mis à part Hailey, bien sûr, qui l'avait consolée les rares fois où elle avait eu des peines de cœur.

Mais là, la seule voix qu'elle voulait entendre, c'était celle de Drew.

Elle se mit au volant de sa Mustang et démarra le moteur tout en composant le numéro. Plusieurs sonneries retentirent à l'autre bout avant que l'on ne décroche.

— Les aciéries Robson, ici le bureau de Drew Robson.

— Madame Packard, dit Jade, passez-moi Drew, s'il vous plaît.

— M. Robson est très occupé...

— C'est important ! hurla Jade.

Mme Packard fit une longue pause puis elle déclara :

— Très bien, je vous le passe.

Jade dut encore supporter une ou deux minutes de musique — ces quelques notes ringardes qui avaient le don de l'horripiler.

Il faudra que je lui en fasse la remarque, se dit-elle machinalement, zigzaguant d'une file à l'autre entre les voitures. Plus tard. Ils auraient tout le temps pour en parler plus tard.

La petite musique s'interrompit et elle fut enfin transférée sur le poste de Drew.

— Jade ? C'est toi ? Que se passe-t-il ?

— Drew, répondit-elle, la gorge serrée par l'émotion. Je viens de vivre le jour le plus merdique de...

— Où es-tu ? Dans ta voiture ? Je t'entends mal.

— Oui, cria-t-elle avant de lâcher un juron.

Un type venait de lui couper la route et elle se mit à klaxonner tandis qu'il lui adressait des gestes obscènes.

— Espèce de fils de...

— Jade ? Que se passe-t-il ?

— Excuse-moi. Un pauvre type dans son 4x4 vient de me faire une queue-de-poisson...

— Chérie, je suis vraiment pressé, là.

Jade s'interrompit, freinant d'un geste brusque et machinal.

— Quoi ?

— Je suis enfoncé jusqu'au cou dans les documents légaux que viennent de me faire parvenir les avocats d'Inesco, répondit Drew en soupirant. Ils essaient de rajouter tout un tas de conditions que nous n'avons pas négociées. Je suis avec mon équipe juridique, là. Je peux te rappeler un peu plus tard, ce soir ?

— Plus tard ? Ce soir ? répéta-t-elle d'une voix monocorde.

Elle eut l'impression qu'il venait de lui asséner un coup sur la tête.

— Ça serait parfait, chérie, dit-il d'une voix soulagée. Je t'appelle vers… disons 20 heures. Ça ira ?

— Heu, oui…

Ce n'est pas vrai. Non, dites-moi que ce n'est pas vrai.

— Fantastique, répondit-il avant de baisser la voix d'un ton. Je t'aime, bisous.

Et il raccrocha.

Elle regarda fixement son téléphone puis raccrocha et le jeta sur le siège passager. Elle conduisit jusqu'à chez elle dans un état second.

Elle venait de se faire virer. Son mentor l'avait trahie. Et l'homme qu'elle aimait n'avait pas vraiment le temps d'en discuter…

Il était près de 21 heures lorsque Drew put enfin appeler Jade. Il était fatigué et énervé. La perspective de rentrer à la maison pour y trouver son lit vide et froid n'arrangeait pas les choses.

— Bonne nuit, Drew, lança Ken sur le pas de la porte.

— Bonne nuit, Ken, répondit-il en se frottant les yeux.

Ken s'arrêta.

— La bataille va être rude, mais l'important, c'est que nous avons presque réussi à sauver cette entreprise. Tant que nous restons concentrés, il ne peut rien nous arriver de mal. Mais il ne faut pas relâcher notre vigilance.

— Je sais, répondit Drew. Je sais.

Il s'interrompit et regarda Ken d'un air pensif.

— Ken, est-ce que tu crois que les choses vont se calmer ? J'ai parfois l'impression que si je respire de travers, toute la boîte risque de s'écrouler.

— C'est l'envers de la médaille, répondit Ken en riant. Il faut bien que le patron mouille sa chemise, lui aussi. Non, sans rire, je comprends ce que tu veux dire. Lorsque l'argent des investisseurs commencera réellement à arriver et que nous aurons entamé les chantiers de rénovation, alors, tu pourras un peu respirer. Crois-moi. Ça va s'arranger. Mais pour le moment, tu dois donner tout ce que tu as. Nous ne sommes pas encore tirés d'affaire. Encore six mois…

Une éternité. Mais au moins, il y avait une perspective à laquelle se raccrocher.

— D'accord, murmura-t-il.

Ken lui fit au revoir de la main et s'en alla. Drew entendit ses pas s'éloigner dans le couloir. Il se mit à bâiller puis décrocha son téléphone et composa le numéro de portable de Jade.

Elle répondit à la troisième sonnerie.

— Drew.

— Salut ma chérie, dit-il tendrement, réconforté par le son de sa voix. Je suis désolé de n'avoir pas pu parler, tout à l'heure. Inesco se montre un peu retors et nous devons tout vérifier, mais je suis sûr que tout va bien se passer. Ça ne va pas être facile, mais ça finira par s'arranger. Quoi que, pour l'instant, c'est la guerre ! Tu ne croiras pas le coup qu'essaie de nous monter leur numéro deux…

Jade émit un petit bruit évasif et il s'interrompit brusquement, conscient soudain que quelque chose ne tournait pas rond.

— Alors ? demanda-t-il. Comment s'est passé ton premier jour en tant que chef de projet ? Tu as un nouveau bureau ?

— A vrai dire, la journée ne s'est pas déroulée exactement comme je l'avais prévue, répondit-elle sur un ton anodin.

— Vraiment ?

— Oui, dit-elle, ça ressemblait même plutôt à un renvoi.

Il se mit à rire.

— C'est une blague !

— Non, ce n'est pas une blague.

C'est alors qu'il entendit la petite fêlure dans sa voix. Il aurait juré qu'elle ravalait ses larmes.

— Mais pourquoi t'ont-ils virée ? Ils sont malades ! C'est complètement dingue, c'est...

— Ils m'ont virée, l'interrompit-elle d'une voix calme, parce que j'ai couché avec toi.

Il resta silencieux un moment, puis prit une longue inspiration.

— Oh, non !

— Comportement contraire à la déontologie. J'ai également eu droit à quelques sous-entendus sur la façon dont je remportais les contrats... Puis ils m'ont désigné la porte.

— Tu vas te battre, n'est-ce pas ?

— Tu m'étonnes que je vais me battre, répondit-elle d'une voix combative.

Il se sentit rassuré. Il retrouvait la Jade qu'il connaissait. Elle ne reculait pas devant les lions. Elle les affrontait.

— Ils ont tort. Et je suis bonne. Et nous... eh bien, cela n'avait strictement rien à voir avec le travail.

— Absolument, dit-il en regrettant de ne pas être à son côté.

Il aurait tant voulu la prendre dans ses bras.

— C'est pour cela que j'ai besoin que tu viennes.

— Pardon ?

Les pensées se bousculèrent dans son esprit au moment où il comprit le sens de ses mots.

— Tu as besoin que quoi ?

— Drew, j'ai insisté pour qu'ils réunissent un, eh bien, on peut appeler ça un conseil, je suppose, dit-elle d'une voix lente. Je pensais que si tu venais devant eux et que tu leur parlais, ils comprendraient. On ne peut pas nier que nous ayons eu une aventure sexuelle.

— Mais nous avons encore une aventure sexuelle, la corrigea-t-il. Et pas seulement sexuelle ; également émotionnelle, amoureuse. N'est-ce pas ?

— Bien sûr, répondit-elle d'une voix qui trahissait son soulagement. Je crois d'ailleurs que ce sera notre ligne d'attaque. Je dispose de toute la semaine pour préparer ma défense. A nous deux, je suis sûre que nous allons réussir à monter quelque chose de valable.

Il se mit à réfléchir à toute allure.

— Ah, mais Jade...

Elle s'interrompit.

— Quoi ?

— Cette semaine, commença-t-il.

Il s'interrompit puis il soupira. Elle allait mal prendre ce qu'il allait lui dire, il le sentait.

— J'ai promis à Ken et aux avocats, reprit-il, que j'allais passer les jours qui viennent à bétonner les clauses du contrat avec Inesco.

Jade resta silencieuse.

— Je n'ai pas vraiment le choix, reprit Drew pour rompre le silence. Tu sais à quel point cet accord est important pour moi. C'est toi qui m'as aidé à le décrocher. Sans toi, jamais je n'aurai réussi à…

— Il ne s'agit que de trois jours, dit-elle. J'ai cru que… bon sang, je ne sais même plus ce que j'attendais.

— Je suis désolé, dit Drew. Tu sais quoi ? Au diable Michaels & Associés ! Tu n'as rien à leur prouver. Si c'est comme ça qu'ils te voient, alors c'est qu'ils ne te méritent pas.

Elle ne répondit pas immédiatement et il allait se lancer dans une nouvelle tirade lorsqu'elle rompit le silence.

— Je vois. Ce que tu veux dire, c'est que s'ils avaient vraiment voulu que je travaille pour eux, ils m'auraient accordé plus de foi et plus de respect aussi, c'est ça ?

— Exactement, répondit-il en se détendant.

Il se sentait soulagé. Elle avait eu l'air si dépité. Mais tout s'arrangeait.

— En fait, s'ils tenaient à moi ne serait-ce qu'un minimum, ils ne me lâcheraient pas comme ça, dit-elle en s'échauffant, apparemment emballée par son raisonnement. Ils ne me laisseraient pas tomber comme une vieille chaussette.

— Absolument, l'encouragea-t-il.

— Mais alors, dis-moi, Drew, demanda-t-elle à voix basse. Qu'est-ce qui te différencie de cette bande de salopards ?

Il se figea.

— Quoi ?

— J'ai fait tout ce qui était en mon pouvoir pour t'aider, dit-elle sèchement. Je t'ai donné près d'un mois de ma vie et j'ai pris beaucoup de risques pour t'aider. Puis je suis tombée amoureuse de toi et j'ai fait l'amour avec toi. Et, maintenant, je me fais virer *à cause de ça*. Et tout ce que tu as à me dire c'est : « Laisse tomber » ?

— Attends, dit-il.

— Ce boulot, c'était tout ce qui comptait, pour moi, Drew. Tu sais ce que c'est de désirer quelque chose à ce point-là !

Son ton était presque une supplique et il sentit son cœur se déchirer.

— Tout ce que je te demande, c'est un peu de ton temps. Que tu m'aides. Je sais que tu es très occupé en ce moment et je sais que l'accord avec Inesco est capital. Mais c'est de ma vie qu'il s'agit. J'ai juste besoin de trois jours.

Il soupira.

Elle s'interrompit sur-le-champ.

— Non, ne dis rien, reprit-elle d'une voix glaciale. Ce n'est pas le moment. Je comprends.

— Jade, je suis désolé. Bon sang, je serais là, si je le pouvais. Et je te rappelle que tu n'as pas fait ça par pur altruisme. Tu devais obtenir une promotion. N'essaie pas de…

— Tu as raison, Drew. Je ne pensais qu'à moi. Et, maintenant, c'est toi qui ne penses plus qu'à toi. C'est ça ?

— Ne déforme pas mes paroles, dit-il en agrippant le combiné.

— Je ne déforme rien. Je souligne juste quelques faits. Je croyais que je t'aimais… je crois que je t'aime encore. Mais tout cela n'a pas de sens. Qu'aurions-nous fait ? Tu n'allais pas déménager à Los Angeles. Tu as ton usine. C'est ce qu'il y a de plus important pour toi.

— Tu sais pertinemment à quel point c'est important.

Elle se mit à rire, d'un rire amer, sans joie.

— Je comprends. Ce que je comprends aussi — et là, ce n'est pas mon ego démesuré qui parle, c'est moi, tout simplement — c'est que je mérite un homme qui me fasse passer en premier. Un homme qui tienne assez à moi pour que je passe en premier.

— Tu es injuste.

— Peut-être, dit-elle d'une voix calme. Drew, ça ne peut pas marcher.

Une vague de panique souleva sa poitrine, menaçant de l'emporter sur la colère qui bouillait dans son sang.

— Ne fais pas ça, Jade !

— Je fais comme toi, Drew... Je n'ai pas de temps à perdre avec ça, dit-elle. Bonne chance pour ton accord avec Inesco.

— Merde, Jade !

— Merde, exactement, dit-elle. Au revoir, Drew.

Et elle raccrocha.

10.

Jade ne savait pas ce qui était le pire — le téléphone qui sonnait ou le téléphone qui ne sonnait pas. Dans un premier temps, elle avait tenté de filtrer les appels avec son répondeur, mais après trois télévendeurs et un message désagréable de l'avocat de Michaels & Associés, elle avait fini par débrancher la prise. Elle avait aussi éteint son portable — ce qui ne changeait pas grand-chose de toute façon, vu que la batterie était déchargée.

C'était étrange. Elle avait l'impression de ne plus être chez elle. Ou, tout du moins, de ne pas y être à sa place.

Elle ne voulait plus penser à Drew. Et tout la ramenait à lui. Le canapé sur lequel elle aurait voulu faire l'amour avec lui. La cuisine où elle lui aurait fait un café. Le bureau où ils auraient pu concocter une stratégie gagnante pour rabattre le caquet à ces vieux schnocks de chez Michaels & Associés…

Tout cela ne rimait à rien. Il fallait qu'elle prenne l'air, qu'elle se change les idées. Elle prit les clés de sa voiture et claqua la porte de son appartement.

Elle démarra la Mustang et prit la direction de l'autoroute qui bordait le Pacifique. Elle ne trouverait peut-être pas l'apaisement entre le fracas des vagues et le rugissement de son moteur, mais, au moins, elle pourrait se laisser happer par la route. Elle roula, fenêtre baissée, les cheveux au vent, réchauffée par la caresse du soleil sur son bras, les yeux fixés sur la longue bande de bitume qui s'étirait au loin.

Elle roulerait jusqu'à ce qu'elle se sente mieux.

Elle ne se sentit pas vraiment mieux, mais, au bout d'un moment, elle se mit à penser d'une façon plus réfléchie. Plus sereine. Elle repensa aux deux seules histoires d'amour sérieuses qu'elle avait eues depuis qu'elle était adulte. Elle était sortie pendant deux ans, juste après la fac, avec le responsable du marketing d'une agence concurrente. Elle avait détourné une partie de sa clientèle, mais il l'avait invitée au restaurant à l'issue d'une réunion. Ils étaient restés ensemble deux ans… jusqu'à ce qu'elle se rende compte qu'ils ne se voyaient jamais. Dommage, il avait beaucoup plu à ses parents. Juste avant lui, il y avait eu ce mauvais garçon, qu'elle avait rencontré dans un bar. Après six mois à faire l'amour comme des fous, elle avait voulu lui présenter ses parents… c'est alors qu'il lui avait expliqué qu'il ne faisait pas dans les relations sérieuses — ni même dans les relations monogames, comme elle le découvrit par la suite.

Elle avait eu le cœur brisé les deux fois et c'était la fidèle Hailey, son amie de toujours, qui avait recollé les morceaux. Mais la blessure n'était pas bien profonde. Elle s'était crue amoureuse, s'était donnée à eux sans tabous. Mais, jamais ils n'avaient réellement pénétré son intimité, jamais elle ne leur avait ouvert son cœur.

Avec Drew, pour la première fois, elle l'avait fait.

Drew lui avait fait mal. Bon. Ce n'était pas si grave. En un sens, elle aurait dû s'en douter. Les signes étaient là. Le désir. La proximité. La complicité. Le mélange des genres. Les affaires et le plaisir. Pour certains, le plaisir *venait* des affaires. Mieux valait laisser le sexe en dehors de tout ça.

Mais Drew signifiait bien plus que le sexe.

Au bout de quelques heures, elle se força à faire demi-tour et revint se garer dans la cour de son immeuble. Elle s'étira en sortant de la voiture. Son teint avait légèrement hâlé, ses muscles étaient raides et tendus et elle ne se sentait pas vraiment apaisée. Elle avait espéré y voir plus clair ou, au moins, avoir un moment de répit. Mais elle se sentait épuisée. Elle se traîna dans l'escalier qui menait chez elle et batailla avec la clé pour ouvrir la porte.

— Eh, ma belle ! Je t'attends depuis des heures. Où étais-tu passée ?

Hailey lui souriait, allongée sur le canapé avec un livre. Ses cheveux noirs et courts étaient modelés avec du gel comme ceux d'une gamine et son visage de lutin revêtait un air faussement désapprobateur.

Voilà quelqu'un sur qui je peux compter, se dit Jade. Sans dire un mot, elle avança vers le canapé, tira Hailey vers elle et la fit disparaître dans ses bras. Son amie dépassait à peine le mètre cinquante et on les avait souvent surnommées Laurel et Hardy.

— Ce que je suis contente de te voir ! s'exclama Jade d'une petite voix malheureuse, étouffant un sanglot.

— Chut, chut, dit Hailey en la serrant contre elle et en l'enveloppant, malgré sa petite taille. Ce n'est pas si grave que ça, quand même.

— Je me suis fait virer pour avoir couché avec un client dont je suis tombée amoureuse et qui ne m'aime pas, déclara Jade d'une traite.

— Bon, d'accord. C'est vraiment grave. Je ne vois qu'une seule solution. Il nous faut de la glace. Ça tombe bien, j'ai acheté un pot d'un litre sur le chemin.

Jade recula et sourit en se frottant les yeux du revers de la main.

— Chocolat avec des pépites de chocolat ?

— Bien entendu.

Jade sourit. Hailey était vraiment la seule personne au monde capable de lui remonter le moral.

— Monsieur Clark, il est presque 1 heure du matin, déclara Drew en se levant et en se massant la nuque. Je crois qu'on en a assez fait pour aujourd'hui.

James Clark était l'avocat des aciéries Robson depuis aussi longtemps que Drew s'en souvenait. A l'époque, il n'était qu'un gamin et c'est pourquoi il avait du mal à l'appeler « James », même s'il était aujourd'hui le P.-D.G. et que James travaillait pour lui.

M. Clark se frotta les yeux et repoussa les papiers qu'il était en train de lire.

— Seigneur, tu as raison. Je crois que nous avons beaucoup avancé. Mais je serai de nouveau là à 8 heures demain matin, si tu es d'accord.

— Je serai là, mais je peux commencer par autre chose, si vous voulez me rejoindre un peu plus tard, dit Drew.

Il y avait largement de quoi faire, en ce moment, dans les bureaux de l'aciérie et, de toute façon, il n'avait personne qui le retienne à la maison. Il essaya de ne pas penser à la dernière conversation qu'il avait eue avec Jade au téléphone, trois jours plus tôt.

Elle me manque. C'est fou comme elle me manque.

— Encore six mois, se rappela-t-il à voix haute.

M. Clark, qui était en train de ranger des dossiers dans sa serviette en cuir, s'interrompit.

— Pardon ?

Drew le regarda avec un demi-sourire.

— Encore six mois, répéta-t-il, et puis cela devrait se calmer.

M. Clark se mit à rire.

— Si tu le dis. On finit toujours par y arriver, si on s'accroche, ajouta-t-il. Lorsqu'on est dans les affaires, que l'on dirige une entreprise, eh bien, il faut travailler dur.

— Je sais.

— Ce n'était pas le cas de ton père.

Drew jeta un coup d'œil surpris à son avocat. Le vieil homme n'avait pas pour habitude de dénigrer son père. C'était pourtant lui qui avait dû redresser les comptes et remettre en ordre l'aciérie après les malversations de son père. Drew partageait son point de vue, bien entendu, mais il ne se sentait pas vraiment à l'aise de l'entendre dans la bouche du vieil avocat.

— Ton père, continua M. Clark en s'étirant un peu pour dénouer les muscles de son dos, était un commercial hors pair. Mais cette entreprise n'aurait pu connaître un pire dirigeant.

Drew hésita. Que répondre à cela ?

— Il avait des circonstances atténuantes, affirma-t-il enfin, sans savoir pourquoi il prenait ainsi la défense de son père. L'économie…

— Arrête ! l'interrompit M. Clark d'un ton moqueur. L'économie n'a jamais forcé personne à voler un million de dollars dans la caisse et à s'enfuir aux Bahamas.

Drew garda le silence.

— Ton grand-père et moi, nous en parlions souvent ensemble, tu sais, continua M. Clark en secouant la tête. J'étais beaucoup plus jeune, à l'époque. Je voulais être avocat et ton grand-père m'a aidé avec une bourse très généreuse. J'ai fait mon droit et, lorsque j'ai eu mon diplôme, il est devenu mon premier client. J'ai travaillé pour les aciéries Robson depuis cette époque et nous avons traversé de nombreuses épreuves ensemble. Un jour, il a dit…

Le vieil avocat s'interrompit pour s'éclaircir la gorge.

— Il a dit que j'étais comme un fils pour lui. Il a dit qu'il aurait aimé m'avoir pour fils.

— Je ne le savais pas, murmura Drew à court de mots.

— Cela n'a plus grande importance, maintenant, je suppose.

Mais l'émotion qui transperçait dans sa voix affirmait le contraire.

— Ce qui compte, continua M. Clark, c'est que ton père avait tout pour réussir. Une excellente éducation, des études brillantes, la confiance de son père et l'aciérie, tout cela sur un plateau d'argent. Et il a tout gâché. Il ne s'y est jamais vraiment investi. Pas à fond. Pas comme je l'aurais fait, moi, si j'avais eu la chance de me trouver à sa place.

Drew se sentit mal à l'aise. En temps normal, il aurait approuvé ce que lui disait M. Clark. Il en aurait même sans doute rajouté une couche. Mais, ce soir, quelque chose ne sonnait pas tout à fait juste.

C'est sans doute parce qu'il est si tard. Je suis épuisé.

— Je me rends compte que je ne vous l'ai sans doute pas assez répété, déclara Drew d'une voix lente, mais j'apprécie vraiment tout ce que vous avez fait — et que vous continuez de faire — pour les aciéries Robson.

Le visage de M. Clark s'éclaira.

— Eh bien, au moins, toi, tu es sur de bons rails. Ton père n'aimait pas cette entreprise. Pas comme toi et moi. Oh, il a commencé très fort — travaillant tard, dévoué aux hommes et à l'usine. Mais les responsabilités se sont avérées trop lourdes.

Drew se replongea dans ses souvenirs. Tout petit, il ne voyait jamais son père, qui passait tout son temps à l'aciérie. Puis, après que sa mère eut divorcé, il ne l'avait vu que rarement, pour les fêtes et les anniversaires.

Le reste du temps, il était au travail.

— Vous savez, cela ne changera rien de le haïr pour ce qu'il a fait, ajouta Drew.

— Non, cela ne changera rien, reconnut M. Clark. Mais suivre son chemin n'améliorera pas non plus les choses. Si tu ne donnes pas la priorité aux aciéries Robson, tout en pâtira. Tout comme avant. Regarde : nous en payons aujourd'hui les conséquences.

M. Clark ramassa sa serviette en cuir.

— A demain matin, dit-il en s'éloignant dans le couloir.

Drew hocha la tête d'un air absent. Il était 1 heure du matin. Il serait de nouveau là à 7 heures. Comme hier et avant-hier et avant avant-hier…

Cédant à une impulsion, il ouvrit un tiroir et en sortit une vieille photo dans son cadre qu'il avait enfouie tout au fond lorsqu'il avait pris ses fonctions de P.-D.G. La photo les représentait, son père et lui-même, alors âgé de six ans. Il était assis sur le bureau de son père qui faisait une grimace pour le photographe. La table de travail était couverte de dossiers.

Drew regarda son bureau.

Rien n'avait vraiment changé.

Son père avait travaillé comme un forçat au début, lorsqu'il avait hérité de l'aciérie. Diriger une aciérie ne le passionnait pas particulièrement, mais il était un brillant commercial et les ouvriers l'aimaient bien. Drew n'avait pas haï l'aciérie pour lui avoir volé son père — il avait haï son père de ne pas être là. Aujourd'hui, il se demandait si son père lui-même n'avait pas haï l'aciérie pour tout ce à quoi il avait dû renoncer pour elle. Même si, au final, c'était lui qui avait choisi d'y consacrer sa vie, plutôt qu'à sa famille.

Suis-je prêt à faire ce même sacrifice ?

Il avait obtenu l'argent des investisseurs. Mais il se sentait encore redevable envers les travailleurs, envers l'usine, envers la ville.

Mais qu'y avait-il de mal, finalement, à laisser Inesco prendre le contrôle de l'usine, comme il le redoutait ? L'important n'était-il pas que les employés conservent leurs emplois ?

Contre quoi se battait-il ?

Il repensa à Jade et au temps qu'ils avaient passé ensemble. Son corps tout entier se tendit à l'évocation de ces souvenirs.

Il aimait l'aciérie. Mais il aimait aussi Jade. Il avait fait tout ce qui était en son pouvoir pour sauver l'usine, la ville et tous ceux qui l'entouraient.

Mais le moment était venu de se préoccuper de son propre avenir et de sauver ce qui était encore possible. Car son avenir n'avait pas de sens sans elle. Il l'aimait plus que tout.

— Tu l'aimes ?

Jade était pelotonnée sur son canapé, enroulée dans un plaid en flanelle, une tasse brûlante de grog fait par Hailey entre ses mains. Les restes d'un gâteau au chocolat nappé à la noix de coco gisaient sur une assiette posée sur la table basse. Hailey lui faisait face, installée dans son grand fauteuil à oreilles. Elle avait l'air d'un elfe aux cheveux noirs. Elle la regardait avec un air à la fois tendre et inquiet.

Jade fronça les sourcils.

— Je ne sais pas. Enfin, je veux dire, est-ce qu'on peut tomber amoureux de quelqu'un en à peine deux ou trois semaines ? Je tiens à lui, ça c'est sûr.

— Tu dois tenir beaucoup à lui pour avoir pris le risque de faire l'amour avec lui alors qu'il était ton client.

Jade fit une petite grimace.

— Ce n'était pas de l'amour, ça. C'était de la bêtise à l'état brut.

— Arrête de dire des bêtises !

Hailey se leva et vint s'asseoir près d'elle, puis elle lui donna un petit coup de coude.

— Tu es sans doute impétueuse, mais je te connais. Tu es intensément loyale et tu t'imposes un code d'éthique le plus strict que je connaisse.

— Tu travailles dans un bar, Hailey, lui rappela Jade. De quels genres de scrupules me parles-tu ?

Hailey ignora la pique.

— Ce que j'essaie de te dire, c'est que tu as eu un certain nombre d'aventures par le passé, mais je ne t'ai jamais vue te mettre dans un état pareil à cause de cela.

Jade lui adressa un petit sourire empreint de mélancolie. On pouvait faire confiance à Hailey, elle savait mettre le doigt là où ça faisait mal.

— On ne m'a jamais renvoyée à cause d'une aventure, non plus.

— On n'avance pas, là, dit Hailey en se levant et en commençant à faire les cent pas. D'accord. Réponds à ma question. Si on te proposait demain de reprendre ton travail, avec ta promotion, et que la seule condition que l'on t'imposait était de ne jamais revoir Drew Robson…

— Oh, arrête ! protesta Jade. Quelle est l'entreprise qui demanderait une chose pareille…

— Tais-toi. C'est mon scénario, dit Hailey. Si tu pouvais avoir ton boulot, mais pas Drew Robson, est-ce que tout rentrerait dans l'ordre ?

Jade commença à lui répondre puis se mit à réfléchir.

Ne jamais revoir Drew Robson ?

— Non, répondit Jade d'une voix calme. Non, tout ne rentrerait pas dans l'ordre. Pas du tout.

— Parfait, dit Hailey avec un brin d'arrogance. Je vois qu'on fait des progrès.

— Mais le problème, c'est qu'on ne me propose pas ce type de choix. Je dois me battre pour mon boulot demain, face à un comité qui se fiche pas mal de savoir si je suis tombée amoureuse de l'un de mes clients. Tout ce qu'ils voudront savoir, c'est si, contrairement à tout code moral ou éthique, j'ai couché avec un client et obtenu qu'il paie ses dettes.

— Je croyais que l'on obtenait une prime pour ce genre de comportement, dans certaines entreprises, plaisanta Hailey.

— Que vais-je leur dire ? demanda Jade en tirant sur une mèche de cheveux d'un geste énervé. Ils n'ont pas tort.

— As-tu couché avec Drew pour parvenir à tes fins ?

— Bien sûr que non.

Hailey se posta devant elle, souriant.

— As-tu couché avec lui parce qu'il était ton client ?

— Hailey !

— Ah, épargne-moi les « Hailey ! ». Tu es tombée amoureuse. Cela n'avait rien à voir avec ton travail. Tu as fait tout ce qui était en tout pouvoir pour l'aider, à la fois parce que tu tenais à lui et parce qu'il était un client de Michaels & Associés. C'était un contexte particulier, c'est une histoire personnelle entre vous deux et, en définitive, cela ne les regarde pas. Point final.

Jade s'appuya contre le dossier du canapé et regarda Hailey.

— Peut-être que je devrais t'emmener avec moi demain. Je croyais que les barmaids ne faisaient qu'écouter les problèmes des gens. Je ne savais pas qu'elles étaient aussi capables de les résoudre !

— Tu es mon amie, voilà tout. Alors, est-ce que tu vas montrer ce dont tu es capable, demain, ou quoi ?

Jade y réfléchit un moment.

— Tu sais, je me suis rendu compte, aujourd'hui, en conduisant, que, peut-être, j'accordais une place trop importante à mon travail.

Hailey la dévisagea, les yeux écarquillés. Puis elle fit un grand sourire.

— Merci, mon Dieu, d'avoir mis Drew Robson en travers de notre chemin ! Cela fait des années que j'essaie de te le faire comprendre.

— Eh bien, si tu penses que je devrais me calmer dans le domaine professionnel et profiter de la vie, souligna Jade, alors pourquoi devrais-je me battre pour un poste dans une agence pour laquelle je ne suis plus très sûre de vouloir travailler ?

— Regarde plutôt les choses comme ça : ils veulent décider de qui tu as le droit ou non de tomber amoureuse. Ils t'accusent de comportement immoral alors que cela fait des années qu'ils auraient dû t'accorder une promotion. Ils te forcent à démissionner. Si cela arrivait à quelqu'un d'autre. A moi, par exemple, est-ce que tu me dirais de laisser tomber et de passer à autre chose ? Ou me conseillerais-tu de prendre les choses en main et de leur montrer de quel bois je me chauffe ?

Jade essaya d'imaginer la situation…

— O.K., j'ai compris où tu voulais en venir.

— Alors, que vas-tu faire ? Laisser tomber ou prendre les choses en main ?

Jade lui fit un petit sourire en coin.

— A ton avis ?

Hayley lui rendit son sourire.

— Je crois que je peux être fière de toi.

— En piste ! répondit Jade avant de la serrer dans ses bras.

11.

Drew jeta un coup d'œil perplexe à son atlas. Après trois semaines sur la route, il aurait dû être capable de se repérer sur une carte, quand même ! Prendre l'autoroute Cinq, bifurquer sur la Dix, sortir sur le Santa Monica Boulevard. Etait-ce *big* Santa Monica Boulevard ou *little* Santa Monica Boulevard ? Franchement, pour une ville de cette taille, ils auraient pu faire l'effort de trouver des noms différents pour chaque rue, se dit-il en écrasant son avertisseur à la vue d'un monospace qui menaçait de lui faire une queue-de-poisson. C'était l'heure de pointe et il était pris dans les bouchons.

Son téléphone portable sonna et il appuya sur le bouton du haut-parleur.

— Ici, Drew.

— Salut, patron, fit la voix de Ken. Il est près de 8 heures et je croyais que nous devions nous retrouver de bonne heure avant le rendez-vous téléphonique de cet après-midi avec Inesco ?

Drew prit une grande inspiration.

— J'ai laissé un message à Inesco. On a reporté le rendez-vous à lundi.

— Ah ? Heu… bon, très bien.

Ken avait l'air dérouté et Drew ne pouvait pas lui en vouloir. En temps normal, il se serait déjà trouvé au bureau, décortiquant les dossiers depuis au moins une heure.

— Je prends ma journée. Je serai de retour demain. Je ne fuis pas mes responsabilités.

— Personne n'a suggéré le contraire.

Drew soupira.

— Excuse-moi. J'ai eu comme une révélation, hier soir.

— Qui a à voir avec une grande jeune femme rousse spécialisée dans la vente et les relations publiques ?

Drew sourit.

— Oui. Et elle concerne mon père, aussi.

Ken siffla doucement entre ses dents.

— Eh bien, dis donc !

— Je crois que j'ai compris que je ne ferai rien de bon pour Robson si je ne parviens pas à trouver un certain équilibre.

— Sûr, remarqua Ken avec un rire nerveux.

— Ne t'inquiète pas, je ne vais pas m'envoler dans les Caraïbes avec un million de dollars. Mais je crois que pour la première fois de ma vie, je commence à comprendre pourquoi mon père en est arrivé là.

— Tu as eu une sacrée révélation, dis donc !

— Tu n'imagines pas à quel point. Est-ce que tu peux tenir le fort jusqu'à mon retour ?

— Pas de problème. Règle tes affaires. Les aciéries Robson attendront ton retour.

Drew sourit de nouveau.

— C'est tout ce que je voulais entendre.

— Oh… et bonne chance pour cette affaire personnelle que tu dois régler.

— Merci. Je crois que je vais en avoir besoin.

*
* *

La salle de conférences directoriale de Michaels & Associés aurait sans aucun doute fait l'affaire si les Nations unies avaient désiré une salle supplémentaire pour se réunir à Los Angeles. La pièce était immense, décorée dans des tons de bois précieux et de cuivre, et elle résonnait comme une cathédrale. Elle en imposait. D'ordinaire, on y recevait les clients potentiels, pour leur faire bonne impression.

Ce n'était pas le but aujourd'hui.

Jade était assise sur sa chaise, le dos bien droit, les jambes croisées. Elle se força à ne pas jouer machinalement avec le stylo à plume en or qu'elle tenait dans la main droite. Elle portait son tailleur préféré, dont la coupe professionnelle en imposait, mais elle avait du mal à ne pas frissonner tant la climatisation semblait poussée au maximum. Elle avait posé sa pochette en cuir devant elle dans laquelle elle avait noté tous les arguments plaidant en sa faveur.

— Ils demanderont pitié avant même que tu aies terminé, avait prédit Hailey le matin même en lui donnant une dernière accolade avant de partir.

Comme elle aurait aimé qu'Hailey puisse l'accompagner ! Un visage amical ne lui aurait pas fait de mal. Les huit visages qui lui faisaient face de l'autre côté de la table en acajou étaient franchement hostiles. Ils étaient tous vêtus de sombre et ils la foudroyaient du regard.

Jade leur rendit la pareille.

En piste.

Dean Michaels se racla la gorge.

— Eh bien, ceci est assez inhabituel pour nous… Je propose donc de commencer, dit-il en lançant à Jade un regard où la pitié le disputait à l'embarras. Je… heu… remarque que vous n'avez pas d'avocat ?

Elle hocha la tête.

— Je ne pense pas en avoir besoin, répondit-elle, du moins pour le moment.

— Oui, très bien… j'espère que nous n'en arriverons pas là, dit-il en maniant les documents qui étaient posés devant lui.

Puis il tourna les yeux vers la porte où deux nouvelles personnes venaient de faire leur entrée. L'avocat et le directeur des ressources humaines de Michaels & Associés.

Jade refusa de s'inquiéter et ignora délibérément le nœud qui se formait dans son estomac.

— Nous sommes réunis ici pour discuter de votre renvoi. Nous vous donnons l'opportunité de vous défendre et d'expliquer vos actions afin de décider s'il nous faut, heu… réévaluer notre décision.

Jade les regarda l'un après l'autre. Les associés, le directeur des ressources humaines et l'avocat lui rendirent son regard. Elle remarqua que le visage de Betsy était totalement inexpressif, mais qu'elle ne pouvait empêcher ses yeux de naviguer entre Dean et elle-même.

— Betsy, puisque c'est vous qui avez attiré notre attention sur cette affaire, déclara Dean, je vous propose de nous en présenter les détails.

Betsy se redressa et revêtit son air de guerrier en campagne.

— Jade a passé trois semaines sur la route avec un client dont nous pensions, franchement, qu'il ne nous paierait jamais. Il s'agit de Drew Robson, des aciéries Robson, dit-elle. Honnêtement, c'était un client perdu. Nous l'avions rayé de nos tablettes… Apparemment, le précédent P.-D.G. avait passé un marché que son entreprise ne pouvait pas honorer. Quand Jade a tellement insisté pour travailler avec ce client, j'étais pour le moins curieuse de connaître ses motivations.

— Je voulais aider les aciéries Robson et la ville de San Angelo, intervint Jade frémissant de colère contenue. Et tu n'as jamais…

— Je vous en prie, la coupa Dean. Vous pourrez vous défendre par la suite.

Jade se mordit la lèvre, rongeant son frein.

— Comme je vous le disais, j'ai fait quelques recherches. M. Robson, le P.-D.G. des Aciéries Robson, est un homme jeune et, selon Jade elle-même, plutôt beau garçon. Elle le trouvait très séduisant.

Et quel est le rapport ? Elle m'a bien confié que l'un des chefs de projets avec lesquels elle travaillait avait un derrière superbe et je ne l'ai pas dénoncée !

— Lorsqu'elle m'a annoncé qu'elle s'embarquait dans un voyage de trois semaines sur la route avec le client en question, j'étais plus que surprise. J'étais choquée. C'était du jamais vu.

Le visage de Jade avait dû trahir sa colère car Betsy s'interrompit et s'adressa directement à elle en secouant la tête.

— Enfin, réfléchis, Jade. Trois semaines seule à seul sur la route avec un client ? As-tu jamais vu quelqu'un faire ça à l'agence ?

— Il y avait des raisons à cela, répondit Jade, mais elle sentit sa détermination se fissurer.

Le visage de Betsy exprimait maintenant la compassion, ce qui ne fit qu'accentuer la dureté de ce qui suivit.

— Je crois que nous savons tous quelles sont ces raisons, Jade…

Quelle injustice ! Jade en eut le souffle coupé. Elle se tourna vers Dean qui secoua la tête, faisant signe à Betsy de continuer.

— Au début de cette… mission, elle m'appelait régulièrement, mais, au cours de la troisième semaine, elle ne m'a plus appelé, mais a commencé à m'envoyer des mails succincts au milieu de la nuit au sujet des dossiers en cours. J'ai senti que quelque chose ne tournait pas rond et, vu sa première réaction à l'égard de M. Robson, j'ai soupçonné le pire. J'ai appelé la secrétaire de M. Robson qui m'a indiqué l'endroit où ils étaient descendus.

Betsy sortit alors un document de son portfolio en cuir en un grand geste théâtral.

— Voici la copie d'une facture de l'Hôtel White Sands à Las Vegas. Une suite, un Jacuzzi, deux occupants. M. Drew Robson et Mlle Jade Morrow.

Il y eût un murmure stupéfait et Betsy fit passer autour d'elle le document incriminant. Jade sentit ses joues la brûler.

— C'est alors que j'ai compris qu'elle couchait avec un client. C'est tout à fait contraire à l'éthique de l'agence. Elle se comportait d'une façon anormale déjà depuis quelque temps, négligeant son travail… J'en ai parlé avec Dean, il vous a présenté les choses et c'est ainsi que nous avons décidé de nous séparer d'elle.

Betsy fit un petit signe en direction de Dean comme pour lui remettre le témoin.

Dean se dandina dans son grand fauteuil.

— Eh bien, Jade, dit-il d'un ton qui recelait peu d'espoir, qu'avez-vous à dire pour votre défense ?

Jade se leva. Elle se dit que cela lui donnait un petit avantage — si on excluait le ratio de dix contre un concernant les participants.

— Je n'ai qu'une seule chose à dire pour me défendre.

Elle attendit une seconde et prit une grande inspiration. Ils la dévisagèrent, attendant la suite.

Droite comme un I, elle continua :

— Je pourrais vous énoncer toute une série d'excuses et d'explications, mais, en vérité, le fait est que j'ai couché avec un client. J'assume l'entière responsabilité de cet acte.

Ils la dévisagèrent, interloqués. Betsy ne put retenir un petit sourire félin de satisfaction, avant de se reprendre et d'adopter un air choqué à l'image de ses collègues.

— Est-ce que vous vous rendez compte des risques judiciaires que vous faites courir à cette agence ? s'étrangla Dean. Vous avez une aventure avec lui, il nous attaque en justice... Mon Dieu, mais qu'aviez-vous en tête ?

— J'avais en tête que je l'aimais, répondit Jade d'une voix calme.

Ils n'étaient plus choqués. Ils étaient horrifiés.

— Et c'est supposé rendre tout cela normal ?

— Avez-vous la moindre idée du nombre de fois où des clients m'ont fait une proposition malhonnête, en des termes véritablement ignobles et mercantiles et où j'ai refusé ? reprit Jade. Je n'étais pas amoureuse de lui lorsque j'ai commencé à m'occuper de son dossier. Je n'avais absolument pas l'intention d'avoir une relation extraprofessionnelle avec lui. Je sais que son affaire paraissait perdue d'avance, mais la ville et l'usine ont su me toucher. Les aciéries Robson constituaient un cas à part...

La voix de Jade se brisa et elle conclut dans un souffle :

— Drew Robson est un cas à part.

— Je comprends votre émotion, ma chère, et elle vous honore, intervint Dean avec gentillesse, mais vous devez comprendre notre position. Avec ou sans émotion, ce qui s'est passé était indécent.

— Non, corrigea Jade. Ce qui s'est passé était contraire à la déontologie et, je vous l'accorde, tout à fait inopportun. Mais je ne peux pas dire que tomber amoureuse de Drew Robson soit indécent.

A ce moment-là, la porte s'ouvrit sur Drew, resplendissant dans un costume à fines rayures bleu marine et une chemise blanche rehaussée d'une cravate de soie cramoisie. Il avait l'air tout droit sorti d'un défilé de mannequins.

— Excusez mon retard, dit-il sans le moindre préambule, comme si sa présence en ces lieux était la chose la plus naturelle au monde. Ma carte routière était trompeuse.

— Excusez-moi, mais qui êtes-vous ? demanda Dean, l'air abasourdi. Ceci est une réunion privée…

— Je m'appelle Drew Robson et je pense que cette réunion me concerne au même titre que Mlle Morrow.

Les associés étaient rivés à leurs sièges, comme s'ils se retrouvaient soudain au beau milieu d'un épisode d'un soap-opéra. Jade remarqua que Betsy avait légèrement pâli.

— J'ai appris que Mlle Morrow avait été licenciée du fait de sa relation avec moi, dit-il en venant prendre place à ses côtés, fixant les associés d'un regard glacial. Je souhaite connaître les détails de cette affaire.

— Eh bien, heu, vous êtes notre client et c'est un comportement contraire à la déontologie que de, heu… avoir une relation extraprofessionnelle avec un client.

— Son travail est terminé, dit Drew. Je ne suis plus votre client et elle ne devrait donc pas être…

— Le problème, l'interrompit Betsy, c'est que cette relation a commencé alors que vous étiez encore notre client. C'est tout à fait contraire à la déontologie.

— Je vois.

Il s'assit et Jade l'imita, encore sous le choc.

— Donc, vous impliquez qu'elle n'a pas bien fait son travail, du fait de sa relation avec moi ?

— Oui, répondit Betsy.

— C'est faux, dit Jade. J'ai continué à suivre mes dossiers courants comme si j'avais été présente à mon bureau.

— Vous avez négligé vos dossiers courants et ce que vous m'avez transmis était tout à fait inférieur à la moyenne, rétorqua sèchement Betsy.

Jade repensa à la conversation qu'elle avait eue avec Betsy avant de partir et à ce qu'elle avait appris ces derniers jours. Elle comprit que depuis des années, Betsy devait s'approprier ses idées devant les autres associés.

Jade décida d'attaquer :

— Tu veux dire que je n'étais pas là, cette fois-ci, pour t'aider à trouver des arguments de vente pour ce nouveau gros client qui vient d'arriver ? Tu veux dire que tu as dû te débrouiller toute seule et que tu n'as pas été aussi bonne que d'habitude ?

Betsy laissa échapper un petit sifflement entre ses dents. Elle plissa les yeux. Plusieurs associés quittèrent Jade du regard pour dévisager Betsy.

— Tu as couché avec cet homme, dit-elle d'une voix glaciale.

— Mais vous ne pouvez pas affirmer qu'elle a négligé son travail ? demanda Drew d'un ton affable. Et qu'est-ce qui vous permet d'affirmer que nous avons eu une relation extraprofessionnelle ?

— Vous avez dormi dans la même chambre d'hôtel, répliqua-t-elle, l'air vindicatif. Nous en avons la preuve.

— Et c'est la preuve que nous avions une relation amoureuse ou, plutôt, pour vous suivre sur ce terrain, contraire à la déontologie ? Puis-je savoir comment vous vous êtes procuré une copie de ma note d'hôtel, madame Diehl ?

Betsy cligna des paupières.

— Ce n'est pas la question.

— C'est tout à fait la question. Ou, plutôt, ça le deviendra, dès que j'en aurai parlé avec mon avocat.

Dean pâlit à son tour.

— C'est exactement ce que nous redoutions, dit-il en regardant l'avocat de Michaels & Associés. Je savais que tout ceci se terminerait par des poursuites !

Drew soupira.

— Ce qui vous préoccupe en fait, concernant l'éthique et la déontologie, n'est pas tant son impact sur l'image de l'agence que le risque que cela fait courir à votre cabinet ?

— Nous ne voulons pas d'un procès, intervint l'avocat d'une voix sourde. Peut-être que je devrais me mettre en rapport avec…

— Et que se passerait-il si nous rédigions un contrat, une sorte d'accord, si vous voulez, dans lequel je m'engagerais à ne pas poursuivre Michaels & Associés ?

Dean cligna des paupières.

— Cela… cela nous conviendrait tout à fait, dit-il avant de faire une pause. Qu'exigeriez-vous en échange ?

— Que Mlle Morrow retrouve sa place, dit-il.

Jade crut que son cœur venait de s'arrêter de battre.

— Ce n'était pas son idée, reprit Drew. En fait, elle a tout fait pour que nous ne nous engagions pas dans une relation intime, parce que j'étais son client.

— Peut-être, mais cela ne l'a quand même pas arrêtée, martela Betsy.

Drew se tourna vers elle.

— Cela ne *nous* a pas arrêtés, dit-il d'une voix calme. Parce que je suis tombé amoureux d'elle.

Jade sentit son cœur repartir sur un rythme fou.

Il lui fit face.

— Je suis désolé de ne pas avoir été là plus tôt… Je veux que tu saches que tu peux compter sur moi.

Jade comprit qu'il ne parlait pas de son retard à la réunion.

— Je le sais, dit-elle d'une voix douce. Mais j'aurais pu m'en sortir toute seule.

— Ce que je veux te dire, c'est que ce n'est pas nécessaire. Plus maintenant.

Elle sentit une vague de chaleur irradier dans sa poitrine.

Dean toussota avant d'ouvrir la bouche :

— Permettez-moi de résumer. Vous êtes tombé amoureux de l'une de nos chefs de pub… et vous êtes prêt à signer un document si nous la conservons à notre service ? C'est exact ?

Drew se tourna vers Betsy.

— C'est exact. Et si vous êtes si à cheval sur les principes déontologiques, je vous suggère de vous renseigner sur les conséquences de l'obtention de la note d'hôtel d'un tiers. C'est un document à caractère confidentiel, qui comporte toutes les données de ma carte de crédit. Légalement, je pourrais porter plainte à ce sujet.

Dean regarda fixement Betsy qui avait l'air au bord de la syncope.

— Oh, ne vous inquiétez pas ! Nous allons nous intéresser à cet aspect des choses dès que cette réunion sera terminée. En résumé, vous ne nous poursuivez pas, Jade réintègre le cabinet et tout est arrangé.

Dean semblait se réjouir, comme si c'était le dénouement qu'il avait espéré. Il se frotta les mains, comme pour signifier que le dossier étais clos.

— En fait, il y a encore une chose à ajouter, dit Jade.

Tout le monde se tourna vers elle.

— Après tout ce que tu as dit, je crois qu'il ne sera pas nécessaire que tu signes ce papier, Drew.

Il lui sourit.

— Ce ne sera pas nécessaire ?

— Non. Je démissionne. J'ai cru entendre que vous cherchiez une spécialiste en marketing aux aciéries Robson ?

Il la regarda, surpris, puis ses lèvres esquissèrent un petit sourire en coin. Il se pencha vers elle et l'embrassa sur la joue.

— Tu es sûre de toi ? lui murmura-t-il à l'oreille. Tu les as affrontés et tu as gagné…

— Est-ce que tu m'as jamais vue reculer devant un adversaire ?

Il se redressa en souriant.

— Dans ce cas, messieurs, mesdames, la réunion est terminée.

Un peu plus tard cette même nuit, ils étaient enlacés dans son lit, dans le petit appartement de Los Angeles.

— Je n'en reviens toujours pas, que tu sois venu à ma rescousse, chuchota-t-elle contre sa poitrine.

— Je n'en reviens toujours pas que tu leur aies dit que tu m'aimais et que cela constituait ta ligne de défense, dit-il en l'attirant sur lui et en l'embrassant dans le cou. Qu'est-il arrivé à Jade Morrow, la dure, l'impitoyable Jade Morrow, celle qui me reprochait de prendre les choses trop à cœur ?

— Je suppose que tu as déteint sur moi, dit-elle en l'embrassant à son tour. Je croyais que j'avais tout ce que je désirais, que tout se déroulait comme prévu… et puis, tu es arrivé.

— Je comprends ce que tu dis, dit-il en enfouissant son visage dans ses cheveux. Je croyais avoir tout ce que je désirais, moi aussi. Je croyais que les aciéries Robson étaient toute ma vie. Jusqu'à ce que me tombe dessus cette experte en marketing et en relations publiques incroyablement autoritaire…

— Autoritaire ! s'exclama-t-elle en enroulant ses jambes autour de lui. Je préfère le terme « assurée »…

— Assurée, alors, dit-il en se soulevant légèrement.

Elle laissa échapper un tendre hoquet tandis qu'il la pénétrait, lentement, avec une douceur affolante.

— Bref, continua-t-il d'une voix légèrement plus tendue. Tu as bouleversé mon univers, Jade. Tu ne m'as pas seulement appris comment sauver mon usine ; tu m'as appris comment me sauver moi-même. Je n'aurais pas compris que j'étais en train de foncer dans le mur si tu ne me l'avais pas dit. Je me serais rendu compte trop tard que j'avais tout perdu. Mon usine et la seule chance qui m'ait été donnée d'être heureux.

Elle lui sourit et ses hanches se mirent à onduler, répondant avec langueur à sa tendre invasion.

— Je n'ai jamais imaginé que cela pourrait arriver, murmura-t-elle en se penchant pour l'embrasser, caressant ses lèvres avec les siennes. J'ai cru que tu serais un client comme les autres. Je n'aurais jamais cru que je tomberais amoureuse un jour, que je craquerais pour quelqu'un qui me comblerait à ce point.

— Je ne te demanderai jamais d'arrêter de travailler. Ça fait partie de toi. Mais nous passerons toujours avant le travail, hein ?

— Tu rigoles ? dit-elle en souriant et mordillant son épaule. Essaie seulement de m'ignorer et de devenir accro à ton boulot.

Il lui rendit son sourire.

— Pareil pour toi, ma dame. Ne t'avise pas de faire des semaines de quatre-vingts heures une fois que nous serons mariés et de me laisser tout seul dans mon grand lit froid…

— Aucun risque à ce sujet, répondit-elle en le prenant par le cou. Tu resteras toujours mon client préféré.

Le nouveau visage
de la collection Or

◆

AMOURS D'AUJOURD'HUI

Afin de mieux exprimer sa modernité et de vous séduire encore davantage, votre collection Or a changé de couverture et de nom depuis le 1er mars 1995.

Rassurez-vous, les romans, eux, ne changent pas, et vous pourrez retrouver dans la collection **Amours d'Aujourd'hui** tous vos auteurs préférés.

Comme chaque mois, en effet, vous y attendent des héros d'aujourd'hui, aux prises avec des passions fortes et des situations difficiles...

COLLECTION
AMOURS D'AUJOURD'HUI :
Quand l'amour guérit des blessures de la vie...

Chère lectrice,

Vous nous êtes fidèle depuis longtemps?
Vous venez de faire notre connaissance?

C'est pour votre plaisir que nous avons
imaginé un rendez-vous chaque mois
avec vos auteurs préférés, vos
AUTEURS VEDETTE dans les
collections Azur et Horizon.

Les AUTEURS VEDETTE vous
donneront rendez-vous pour de
nouveaux livres vedette.

Pour les reconnaître, cherchez
l'étoile ... Elle vous guidera!

Éditions Harlequin

HARLEQUIN

LE FORUM DES LECTEURS ET LECTRICES

CHERS(ES) LECTEURS ET LECTRICES,

VOUS NOUS ETES FIDÈLES DEPUIS LONGTEMPS?

VOUS VENEZ DE FAIRE NOTRE CONNAISSANCE?

SI VOUS AVEZ DES COMMENTAIRES, DES CRITIQUES À
FORMULER, DES SUGGESTIONS À OFFRIR, N'HÉSITEZ
PAS… ÉCRIVEZ-NOUS À:

> LES ENTERPRISES HARLEQUIN LTÉE.
> 498 RUE ODILE
> FABREVILLE, LAVAL, QUÉBEC.
> H7R 5X1

C'EST AVEC VOS PRÉCIEUX COMMENTAIRES QUE NOUS
ALLONS POUVOIR MIEUX VOUS SERVIR.

DE PLUS, SI VOUS DÉSIREZ RECEVOIR UNE OU
PLUSIEURS DE VOS SÉRIES HARLEQUIN PRÉFÉRÉE(S)
À VOTRE DOMICILE, NE TARDEZ PAS À CONTACTER LE
SERVICE D'ABONNEMENT; EN APPELANT AU
(514) 875-4444 (RÉGION DE MONTRÉAL) OU 1-800-667-4444
(EXTÉRIEUR DE MONTRÉAL) OU TÉLÉCOPIEUR
(514) 523-4444 OU COURRIER ELECTRONIQUE:
AQCOURRIER@ABONNEMENT.QC.CA OU EN ÉCRIVANT À:

> ABONNEMENT QUÉBEC
> 525 RUE LOUIS-PASTEUR
> BOUCHERVILLE, QUÉBEC
> J4B 8E7

MERCI, À L'AVANCE, DE VOTRE COOPÉRATION.

BONNE LECTURE.

HARLEQUIN.

VOTRE PASSEPORT POUR LE MONDE DE L'AMOUR.

ROUGE PASSION

De fiévreuses histoires d'amour sensuelles!

De provocantes histoires d'amour passionnées et romantiques qu'on lit d'une seule traite. Aventureuses, parfois humoristiques, et sensuelles, elles mettent en vedette des hommes et des femmes d'aujourd'hui.

ROUGE PASSION...
trois nouveaux titres chaque mois.

GEN-RP-R

COLLECTION
HORIZON

Des histoires d'amour romantiques qui vous mènent au bout du monde!

Découvrez la passion et les vives émotions qu'apportent à la Collection Horizon des auteurs de renommée internationale!

Captivantes, voire irrésistibles, ces histoires d'amour vous iront assurément droit au coeur.

Surveillez nos trois nouveaux titres chaque mois!

GEN-H-R

La COLLECTION AZUR

Offre une lecture rapide et

- ☑ *stimulante*
- ☑ *poignante*
- ☑ *exotique*
- ☑ *contemporaine*
- ☑ *romantique*
- ☑ *passionnée*
- ☑ *sensationnelle!*

COLLECTION AZUR...*des histoires
d'amour traditionnelles qui vous
mènent au bout monde!
Cinq nouveaux titres chaque mois.*

GEN-RP-R

HARLEQUIN

Lisez Rouge Passion pour rencontrer L'HOMME DU MOIS!

Chaque mois, vous rencontrerez un homme **très sexy** dans la série Rouge Passion.

On peut distinguer les livres L'HOMME DU MOIS parce qu'il y a un très bel homme sur la couverture! Et dedans, vous trouverez des histoires écrites selon le point de vue de l'homme et de la femme.

Les livres L'HOMME DU MOIS sont écrits par les plus célèbres auteurs de Harlequin!

Laissez-vous tenter avec L'HOMME DU MOIS par une histoire d'amour sensuelle et provocante. Une histoire chaque mois disponible en août là où les romans Harlequin sont en vente!

RP-HOM-R

69 L'ASTROLOGIE EN DIRECT
TOUT AU LONG
DE L'ANNÉE.

(France métropolitaine uniquement)
Par téléphone 08.92.68.41.01
0,34 € la minute (Serveur SCESI).

Composé et édité par les
éditions Harlequin
Achevé d'imprimer en avril 2005

BUSSIÈRE
GROUPE CPI

à Saint-Amand-Montrond (Cher)
Dépôt légal : mai 2005
N° d'imprimeur : 50655 — N° d'éditeur : 11256

Imprimé en France